親子の十手

小料理のどか屋 人情帖26

倉阪鬼一郎

時代小説

二見時代小説文庫

親子の十手《じって》——小料理のどか屋 人情帖26

目次

親子の十手《じって》　小料理のどか屋　人情帖26・主な登場人物

時吉《ときち》……神田横山町《よこやままちょう》の、のどか屋の主《あるじ》。元は大和梨川藩《やまとなしがわはん》の侍・磯貝徳右衛門《いそがいとくえもん》。

おちよ……時吉の女房。時吉の師匠で料理人の長吉の娘。

千吉《せんきち》……時吉の長男。祖父の長吉の店で板前修業を積み、のどか屋の厨《くりや》に立つ。

長吉《ちょうきち》……浅草は福井町《ふくいちょう》でその名のとおり、長吉屋という料理屋を営む。時吉の師匠。

大橋季川《おおはしきせん》……季川は俳号。のどか屋の常連、おちよの俳句の師匠でもある。

信吉《しんきち》……房州の館山《たてやま》から、長吉屋に料理の修業に来た若者。千吉の兄弟子《でし》。

信兵衛《しんべえ》……旅籠の元締め。焼失したのどか屋を横山町の旅籠で再開するよう計らう。

安東満三郎《あんどうみつさぶろう》……隠密仕事をする黒四組《くろよんぐみ》のかしら。甘いものに目がない、のどか屋の常連。

万年平之助《まんねんへいのすけ》……安東配下の隠密廻り同心。「幽霊同心」とも呼ばれる。千吉と仲が良い。

お登勢《とせ》……のどか屋とは古い知り合いの品川の料理屋「紅葉屋《もみじや》」の女料理人。

丈助《じょうすけ》……お登勢の息子。長吉屋で修業に入ることに。

与兵衛《よへえ》……上野黒門町《くろもんちょう》の薬種問屋、鶴屋《つるや》のあるじ。長吉屋の常連。

寅次《とらじ》……のどか屋の常連の湯屋。同じく常連の棒手振りの富八《とみはち》とはウマが合う。

庄三郎《しょうざぶろう》……南新堀の下り酒問屋、西宮屋《にしのみや》のあるじ。

的屋甚兵衛《まとやじんべえ》……庄三郎の取り巻きの口入れ屋。

第一章　再びの幸《さいわ》い飯

一

「あと、もう二月《ふたつき》だね」

檜《ひのき》の一枚板の席で、隠居の大橋季川《おおはしきせん》が言った。

「初めは長いと思ったけど、半年ってあっという間ですね」

のどか屋のおかみのおちよが答えた。

両国橋《りょうごくばし》の西詰に近い横山町《よこやまちょう》の旅籠《はたご》付き小料理屋として、多くの客に愛されてもうずいぶん時が経った。

初めは神田三河町《かんだみかわちょう》、続いて岩本町《いわもとちょう》にのれんを出した。江戸に住んでいればしばしばあることだが、いずれも火事で焼け出され、家移《やうつ》りを余儀なくされてしまった。いまでも半鐘《はんしょう》の音が聞こえると、おちよは落ち着かない心持ちになる。

「両国《りょうごく》の川開きの花火が終わったら、帰ってくる勘定になるね」

隠居の隣に陣取った旅籠の元締めの信兵衛《しんべえ》が言った。

この界隈《かいわい》にいくつも旅籠を持っている。のどか屋にとってみれば実に頼りになるありがたい家主だ。

「そう。年季《ねんき》が明けるみたいにすぐ帰ってくるといいんですけどね、おとっつぁん」

おちよは案じ顔で答えた。

「帰ってくるよ。おみやげをたくさん持って」

厨《くりや》から、いやに若い料理人が言った。

跡取り息子の千吉《せんきち》だ。

のどか屋のあるじは時吉《ときさち》だが、いまはわけあって義父の長吉《ちょうきち》が営む浅草《あさくさ》の福井町《ふくいちょう》の長吉屋を預かっている。午《うま》の日だけはのどか屋へ戻ってくるが、平生《へいぜい》はまだ十四歳（数え）の千吉が兄弟子《でし》の信吉《しんきち》とともに厨を切り盛りしていた。

「千坊が言うなら、そうなるさ」

信兵衛が笑みを浮かべる。

「案じていても仕方がないからね」

隠居がそう言って、鯛《たい》の桜蒸《む》しに箸《はし》を伸ばした。

「気張ってつくったんで」

千吉が言った。

「こいつが書物に載ってた料理をつくるって言うから」

兄弟子の信吉が言った。

房州《ぼうしゅう》の出で、千吉の兄貴分だ。しばらく一緒の長屋に住んでいた弟分の寅吉《とらきち》は長吉屋で修業を続けている。

「品《ひん》のある料理だね」

元締めも箸をつける。

鯛の切り身に薄く塩を振り、出てきた水気を拭き取っておく。器に昆布を敷き、鯛の切り身と桜の花の塩漬けをのせる。桜はいくらか水に浸け、塩気をほどよく抜いてやるのが勘どころだ。

これを蒸籠《せいろ》で蒸す。鯛の身が白く変わってきたら出来上がりだ。蒸しすぎると身が硬くなってしまう。

「いい按配《あんばい》だね。手だれの料理人がつくったみたいじゃないか」

季川が感心の面持ちで言った。

「書物を読んで学ぶのはおとっつぁんゆずりだな。おいしいよ」

信兵衛も和す。

「ありがたく存じます」

千吉はぺこっと頭を下げた。

「でも、これくらいの料理でもおとがめがあるんじゃないかって案じてしまいますね」

おちよがいくらか声を落として言った。

「そうだねえ。世知辛《せちがら》い世の中になってしまったもんだよ」

隠居が嘆く。

「だからといって、当たり障《さわ》りのない料理ばかりつくっていたら、どんどん木がやせていってしまいかねないから」

元締めが案じる。

「そのとおりだよ。この桜蒸しみたいに、無駄に贅沢《ぜいたく》じゃなくて華《はな》のある料理は進んでつくらないと」

俳諧師《はいかいし》でもある隠居の声に力がこもった。

「そうですねえ。なにぶん、おとっつぁんのことがあったものだから」

おちよは少しあいまいな顔つきで言った。

二

昨年の暮れ――。

長吉屋のあるじの長吉の身に、思わぬ出来事が起きた。

天保《てんぽう》の世に入り、よろずに締め付けが厳しくなってきた。素人《しろうと》落語が禁じられたり、娘義太夫《むすめぎだゆう》などの女芸人はまかりならぬとお達しが出たり、何かと息苦しくなってきたが、ことに去年は凶作もあって贅沢な料理が槍玉に挙げられるようになった。無駄な贅沢をしている者はおらぬかと、役人が市中に厳しく目を光らせるようになったのだ。

大勢での祝い事があるときは、鯛の姿造りなどの華のある料理が供される。いままでは何も目くじらを立てられなかったことだが、ここに来てにわかに風向きが変わってきた。

その風に、長吉屋ののれんがあおられた。

鶴と亀をかたどった紅白のむきものを添えた鯛の姿造りを客に出そうとしたとき、

だしぬけに待ったがかかった。その料理、まかりならぬというわけだ。以前なら何も言われなかったのだが、無駄な飾りを添えた祝いの料理は倹約第一のお上《かみ》の策に反するというわけだ。

長吉は承服できなかった。

料理というのは、ただ胃の腑《ふ》を満たすためのものではない。目で見て楽しむのも料理のうちだ。ことに、祝い事の料理では華を添えるものが大事になる。

そう抗弁しようとしたのだが、頭の固い役人はまったく聞く耳をもたなかった。贅沢で無駄な料理はまかりならぬの一点張りだ。

おちよの父で、時吉の師でもある長吉は、もともと気が長いほうではない。ついこう言い返してしまった。

「祝い事があれば、みなで祝うのが人情でございましょう？　その宴《うたげ》の料理を華やかにして、何がいけないのでございます？　おめでたい祝い事の料理まで取り締まろうとするとは、お上には人の情がないのでございますか？」

これはひと言多かった。立腹した役人は長吉屋ののれんを取り上げようとしたほどだ。その場にいた時吉が必死になだめ、いろいろと根回しをしたおかげでどうにか最悪の仕儀は免《まぬが》れ、長吉は半年間江戸十里四方所払《ところばら》いの罰を受けることになった。

かくなるうえは、是非もない。長吉はかねてより行ってみたいと思っていた西国《さいごく》三十三観音参りの旅に出ることにした。

大晦日《おおみそか》に見送ったから、早ければ六月の末に長吉は戻ってくることになる。

文《ふみ》を書く柄《がら》ではないから、いまどこでどうしているか、江戸で待つ者には分からない。

無事を祈りつつ、ただひたすらに待つしかなかった。

三

千吉が次の肴《さかな》を檜の一枚板に出した。

蛤《はまぐり》の時雨煮《しぐれに》だ。

「はい、お待ち」

「これ、おまえじゃないよ」

千吉は、いきなりひょいと飛び乗ってきた小太郎《こたろう》をつかまえて下ろした。

のどか屋には代々の猫がいる。いちばん年かさの茶白の柄《がら》がある雌猫のちのはもうだいぶ歳《とし》で、このところは寝てばかりいる。ちのの子で尻尾に縞《しま》の入った白猫のゆきと、ちのと同じ柄の二代目ののどかも雌だ。

ゆきはいくたびかお産をしたが、そのたびに一匹だけ手元に残した。ほかの猫はほうぼうへもらわれていき、猫縁者がだんだんに増えていった。のどか屋の猫は福猫だという評判が立ったから、下手《へた》をすると生まれる前から「一匹くれないか」という話が来るくらいで、引き取り先に困ることはない。

そのゆきの子は、醬油《しょうゆ》みたいに真っ黒なしょう、、と銀色に近い毛並みで縞模様が凛々《りり》しい小太郎。これはどちらも雄だった。

雌猫のほうは、おのれが小料理屋の猫だとわきまえているのかどうか、むやみに客の料理を狙うことはないのだが、雄は違う。ことにいちばん若い小太郎は機敏に動くから、目を光らせている必要があった。

「はいはい、ごはんはあげてるでしょ」

おちよが小太郎に言う。

「はは、これは人でも浮き足だちそうな味だからね」

隠居が温顔で言った。

「二幕目の肴にもこくが出てきたよ」

元締めもうなる。

「やっと勘どころが分かってきたんで」

千吉が答えた。

「分からないところは、師匠が来たときに訊いてますから」

兄弟子《でし》の信吉が言った。

午《うま》の日だけ、時吉はのどか屋に戻って厨に入る。以前は午の日にかぎって長吉屋へ赴き、若い者に料理を教えていたのだが、逆になった恰好《かっこう》だ。

「この料理の勘どころは何だい」

隠居が箸で小鉢を示した。

「まず塩水に蛤をつけて、砂を吐かせてきれいにします」

「長吉屋じゃ下っ端のつとめだべ」

信吉が横合いから口を挟んだ。

房州の館山《たてやま》から来た気のいい若者だ。

「で、それから？」

信兵衛が先をうながした。

「鍋に蛤とちっちゃな昆布を入れたら、酒を振りかけて酒蒸しにします。ぴったりの落とし蓋で蒸すのが勘どころで」

千吉が言った。

「そうすれば、うま味が逃げないからね」

おちよが言う。

「うん。で、その蒸し汁も使って醬油と味醂《みりん》を足して、むき身にした蛤をことこと煮詰めていくんです」

「一つ抜かしたぞ」

兄弟子がすかさず言った。

「あ、そうだ。生姜《しょうが》のせん切りを入れなきゃ」

千吉は髷《まげ》に手をやった。

少し前までわらべらしいかむろ頭だったような気がするのだが、すっかり髷が板についた若き料理人の面構《つらがま》えになってきた。

「生姜は臭みを消したり、味を引き締めたり、八面六臂《はちめんろっぴ》の活躍をしてくれるからね」

隠居が笑みを浮かべた。

「そうやって、ていねいにつくった味だね。酒の肴にはもってこいだ」

元締めがそう言って猪口《ちょく》の酒を呑み干した。

「浅蜊《あさり》や小ぶりの帆立《ほたて》でもつくれますので」

と、千吉。

「なら、今度は帆立でいただこう」

隠居がすぐさま言ったとき、表で人の話し声がした。

「あら、お客さんだわ。……ほら、お出迎え」

親子で仲良く互いの身をなめ合っていたゆきとしょうに向かって、半ば戯《ざ》れ言《ごと》めかしておちよが言った。

四

「お客さま、ご案内ー」

おけいのいい声が響いた。

岩本町を焼け出された先の大火のおり、一緒に逃げたのが縁で、のどか屋をずっと支えてくれている。そのとき背に負うていた乳呑《ちの》み児《ご》の善松《ぜんまつ》は、早いものでもう数えで十になった。それより年かさの千吉がひとかどの若者らしくなるのも無理はない。

「お二階のお部屋は空いておりますので」

おそめがにこやかに言った。

横山町に越してからのどか屋を手伝いはじめた娘で、その後、縁あって結ばれた小間物屋の手代の多助《たすけ》と一緒に暮らしている。あまりにも仲が良すぎるせいかまだ子宝に恵まれていないが、ほうぼうへ願《がん》をかけたりして望みは捨てていないようだった。

「通りが見える眺めのいいお部屋か、奥まった静かなお部屋か、どこでもお望みのほうへお泊まりくださいまし」

おちよが如才《じょさい》なく言った。

「繁華な両国橋の西詰へ行けば、泊まるところはすぐ見つかるって言われたんだが、そのとおりだったね」

「探す手間が省けたよ」

二人の男が笑みを浮かべた。

顔が似ているから、おそらく兄弟だろう。

「どちらからお越しで」

隠居が気安くたずねた。

「相州《そうしゅう》の藤沢《ふじさわ》で」

「竹の曲げ物を兄弟でつくってるんですが、世話になった親方にあいさつがてら江戸《えど》見物をと思い立ちましてね」

二人の客が答えた。

「竹の曲げ物なら、花見の弁当などで使わせていただいてます」

今度は千吉が如才なく言った。

「ほう、そりゃありがたい」

「ずいぶん若い料理人だな」

藤沢から来た兄弟が笑った。

「あるじはわけあってべつの見世を見ておりまして」

おちよが言った。

「ともかく、二階へお荷物を」

おけいが運ぼうとする。

「いや、たいして重くはねえから」

「おれらで運ぶよ」

客はそう言って二階へ上がっていった。

おそめがすぐお茶の支度を始める。

「まだ部屋に空きがあるから、もう一度行かないと」

おそめが言う。

「大変だね」

元締めが労をねぎらった。

「ついこのあいだまでは、千坊が呼び込みに行っていたんだがね」

隠居が感慨深げに言った。

「そうそう。小さい番頭さんと一緒に」

おそめが湯呑みと急須《きゅうす》を載せた盆を手に取った。

「厨と両方はできないから」

千吉が仕込みの手を動かしながら言った。

二階の客の相手が一段落し、おけいとおそめは再び呼び込みに出ることになった。

「悪いわね、何度も」

おちよが言う。

「今度は大口さんをつかまえてきますから」

おけいが二の腕をたたく。

「若い腕のいい料理人がいますからって言っとくからね」

おそめが厨に向かって笑みを浮かべる。

「気を入れてつくるんで」

と、信吉。

「まかしといて」

千吉も笑顔で言った。

五

おけいとおそめは、ほどなくまた呼び込みに出ていった。

二階から下りてきた二人の客は、隠居と元締めに招かれるままに一枚板の席に座った。

「藤沢はもうずいぶん前に行ったきりだね」

いくらか遠い目で、隠居が言った。

「わたしも江《え》の島《しま》の御開帳に足を運んだよ」

元締めも言う。

「江の島の近くの宿場なんで、それなりに栄えてます」

「海が近いんで、魚もうまいし」

曲げ物づくりの兄弟が笑みを浮かべた。

「今日は海じゃなくて、川の幸《さち》が入ったんですよ」

おちよが言った。

「おっ、そりゃ岩魚《いわな》だな」

兄が串に刺してあるものを指さした。

「はい。塩焼きと……」

千吉は兄弟子のほうを見た。

「魚田《ぎょでん》をこれからつくりますんで」

信吉が笑みを浮かべた。

「そりゃいいな」

「おれら、好物なんだ。大山《おおやま》のほうへ出かけて、帰りにおのれで釣ったりするから」

客の声が弾《はず》んだ。

「それは好都合で」

千吉も白い歯を見せる。

「われわれの分もつくってくれよ」

季川が言った。

「もちろん、ありますんで」

信吉がそう言って、山椒味噌《さんしょうみそ》の練り加減をたしかめだした。

味噌を味醂でのばし、砂糖を加えてさらに練る。砂糖はまだまだ貴重な品だが、のどか屋には伝手《つて》があってわりかた安値で仕入れることができた。

ここに粉山椒を加えると、なおいっそう風味が増す。

岩魚はただの塩焼きも素朴でうまいが、そこへ山椒味噌を塗ってさらにあぶり、串を抜いて白胡麻《しろごま》を振って仕上げれば、なおさら深い味になる。

「これからどちらかへお出かけで？」

おちよが客にたずねた。

「いや、親方の仕事場は川向こうの本所《ほんじょ》なので」

「明日、あらためて顔を出してから、深川《ふかがわ》の八幡さまにでもお参りしてきまさ」

兄弟は答えた。

そうこうしているうちに、岩魚料理ができあがった。

「塩焼きと魚田、二つの味をお楽しみください」

千吉がそう言って、皿を下から出した。

料理の皿は、どうぞお召し上がりくださいと下から出す。間違っても、どうだ、食えと上から出してはならない。

それが長吉から時吉へ、時吉から千吉へと受け継がれてきた教えだ。

「口が回るようになったねえ、千坊も」

隠居の白い眉がやんわりと下がった。

「料理の腕も上がったよ」

元締めも和す。

「ああ、うめえや、この魚田」

「塩焼きもうめえけど」

「食ってみな、兄ちゃん」

二人の客は半分ずつ舌だめしを始めた。

「ああ、ほんとだ。味噌のあぶり具合が何とも言えねえ」

「塩焼きの残りはもらうぜ」

「おう」

兄弟でどんどん平らげていく。

「もう一組できますけど」

千吉が笑顔で言った。

「それも分けて食うから」

「心配いらないよ」

客が答えたとき、外で人の話し声が響いた。

「あら、岩本町さんだわ」

おちよがいそいそと入口に向かった。

湯屋《ゆうや》のあるじの寅次《とらじ》と野菜の棒手振《ぼてふ》りの富八《とみはち》。その二人は御神酒徳利《おみきどっくり》のようにつれだってやってくる。

しかし……。

今日はその二人だけではなかった。

うしろにもう一人、男が立っていた。

六

「珍しい客をつれてきたぜ」

湯屋のあるじが笑みを浮かべた。

「たまにはどうだいって誘ったんだ」

富八が自慢げに言った。

「ご無沙汰《ぶさた》をしておりました」

渋めの唐桟《とうざん》の着物をまとった男がていねいに頭を下げた。

「あっ、もしや、萬屋《よろずや》さんの……」

おちよが気づいた。

「はい。あるじの卯之吉《うのきち》でございます。ずいぶんとご無沙汰をしてしまいまして」

卯之吉と名乗った男はまた深々と一礼した。

「ああ、これはこれは、子之吉《ねのきち》さんの息子さんかい」

季川が驚いたように言った。

「ずいぶんと立派になられたねえ」

信兵衛も目を瞠《みは》った。

岩本町の萬屋といえば、情に厚いまっすぐなあきないの質屋として信を置かれていた。しかしながら、のどか屋が焼け出された先の大火で、あるじの子之吉が落命してしまった。人情家主の源兵衛《げんべえ》とともに、岩本町の大きな痛手だった。

幸い、蔵だけは焼け残ったため、若い卯之吉が歯を食いしばって跡を継ぎ、手堅いあきないを続けていると噂では聞いていた。

「まあ、座敷に上がんな」

寅次が身ぶりで示した。

「こっちののどか屋は初めてだからよ」

富八も言う。

「千吉は憶えてる？　萬屋さん」

おちよが訊いた。

「うん、質屋さんがあったことは、なんとなく」

当時はまだ小さかった千吉が首をひねった。

「噂には聞いていましたが、大きくなられて、料理もつくるようになって」

小上がりの座敷に腰を下ろした卯之吉は感慨深げに言った。

「うちの孫の岩兵衛《いわべえ》だって、おやじの真似をしてるからよ」

寅次が細巻をつくるしぐさをした。

寅次の娘のおとせは、時吉の弟子の吉太郎《きちたろう》と夫婦《めおと》になり、もとはのどか屋だった場所に「小菊《こぎく》」という見世《みせ》を開いた。筋のいい細工寿司《さいくずし》とおにぎりを出し、持ち帰りもできる見世は繁盛し、跡取り息子の岩兵衛も順調に育っている。

「『小菊』にはときどき寄らせていただいてるんですが、こちらにはなかなか」

卯之吉がいくらか申し訳なさそうに言った。

二人の客がやや所在なさげにしていたから、おちよが如才なく寅次を紹介し、あとで湯屋へつれていく段取りが決まった。このあたりの気配りも旅籠のおかみの腕の見せどころだ。

「何かおつくりしましょうか」

千吉が水を向けた。

「おっ、来たぞ」

「食いたいもんがあったんだろう？」

岩本町の御神酒徳利が質屋のあるじにたずねた。

どうやら、ここへ来る道々でそんな話をしていたらしい。

「どうぞ何なりと」

おちよが笑顔で言う。

「はい、では……」

卯之吉はひと息入れてから続けた。

「あのとき、のどか屋さんの炊《た》き出《だ》しの屋台《やたい》でいただいた幸《さいわ》い飯をもう一度いただけたらと存じまして」

萬屋のあるじは、やっとそこで笑みを浮かべた。

七

「幸い飯？」

千吉が厨で首をかしげた。

「ああ、あのときの……」

おちよが感慨深げな顔つきになった。

「はい。幸い飯という名がついた、焼き飯でございます。大火で焼け出され、父を亡くし、途方にくれていたときにいただいたあの幸い飯を、ぜひもう一度いただきたいと存じまして」

質屋のあるじは背筋を伸ばしたまま言った。

まっすぐなあきないだった父の子之吉に面差《おもざ》しもたたずまいもそっくりだ。

「大火のあと、炊き出しの屋台を出したんだね」

隠居が言った。

「ええ。うちの人が大きな鍋を振るって」

おちよが身ぶりをまじえた。

「なら、ありものの具でつくってみます」

千吉が言った。

「ただの焼き飯でいいんですかい？」

信吉が問うた。

「刻んだ葱《ねぎ》と玉子が入っておりました。醬油の香りがぷーんと漂ってきて……」

卯之吉は手であおいで見せた。

「なんだか、おいらも食いたくなってきたな」

「どんどんつくってくれるか？」

藤沢から来た兄弟の客も身を乗り出してきた。

「はい」

「承知で」

二人の若い料理人の声がそろった。

料理ができあがるまで、なおも卯之吉の身の上を聞いた。

岩本町の二人によれば、長く独り身だったのだが、このたびようやく縁あって女房を娶《めと》ることになった。これからは夫婦で力を合わせて質屋を切り盛りしていくことになる。

「祝いの宴でしたら、うちでいくらでもやらせていただきますので」

おちよが如才なく言った。

「ええ、その……『小菊』さんのほうで、内輪《うちわ》だけでやらせていただくことになっておりまして」

卯之吉はすまなそうに言った。

「ああ、それなら仕方ないわね」

おちよが笑う。

「『小菊』はのどか屋の出見世みてぇなもんだからよ」

寅次がそう言って猪口の酒を呑み干した。

「のどか屋があったとこにのれんを出してるんだから」

富八も和す。

「みけちゃんは元気かしら」

おちよはかつて飼っていた猫を気遣った。

猫は家につくと言われる。のどか屋で飼われていた猫のうち、みけだけはどうしても同じところがいいようなので、吉太郎とおとせの「小菊」で引き取ってもらうことにした。

「年は寄ったが、達者にしてるよ」

「空《あ》いた酒樽の上に寝床をこしらえてもらってよ」

岩本町の二人が言う。

「うちにもみけの子が二匹いますので」

卯之吉が笑みを浮かべた。

「そうですか。みけちゃんもうちの猫たちとおんなじで福猫になってるって聞いてましたけど」

おちよのほおにえくぼが浮かぶ。

「みんな猫縁者だね」

隠居の眉がやんわりと下がったとき、初めの幸い飯ができた。

「師匠《ししょう》のとは違うかもしれませんが、幸い飯でございます」

千吉が言った。

実の父の時吉のことを、千吉が「師匠」と呼ぶようになってもうだいぶ経った。

「お待たせいたしました」

おちよが座敷に運ぶ。

「頂戴します」

萬屋のあるじはさっそく匙《さじ》を手に取り、口に運んだ。

「……ああ」

と、ため息がもれる。

「うめえかい？」

湯屋のあるじが訊く。

卯之吉は小さくうなずいた。

「あのときの、味です」

のどの奥から絞り出すように、卯之吉は言った。

「いちばんつらい時に食べた料理の味は、心にしみるからね」

隠居が温顔で言った。

その一枚板にも幸い飯が出される。千吉と信吉の二人がかりで気を入れてつくっているから手が早い。

「あのときは、味噌汁も、おかかのおにぎりも、どれもこれもおいしかったです。おとっつぁんにこれを食わせたかったと思いながら、かみしめるように食べたことが、ついさっきのことのように思い出されてきました」

卯之吉はそう言うと、さっと目元を袖でぬぐった。

再びの幸ひ飯や春惜《お》しむ

俳諧師の季川がやにわに発句《ほっく》をつぶやいた。

「さあ、付けておくれ、おちよさん」

信兵衛が隠居の声色《こわいろ》を遣《つか》って言ったから、座敷の御神酒徳利がどっと笑った。

「もう、藪《やぶ》から棒なんだから」

そう言いながらも、ぐっと気を集めて、おちよは付け句を発した。

時を渡るは味の船なり

「渡ったね、味の船が」

隠居がしみじみと言った。

「うめえ」

湯屋のあるじが、食すなりひと言発した。

「葱がいい仕事してるぜ」

野菜の棒手振りがそこをほめるのはお約束だ。

「来て良かったです。本当に良かったです」

そう繰り返すと、萬屋のあるじは匙を動かす手を早めた。

第二章　まぼろしの料理番

一

「もう一日くらい、江戸にいたかったな、兄ちゃん」

藤沢から来た客が言った。

「帰ったら曲げ物づくりのつとめが山のように待ってるからよ」

兄が手綱《たづな》を締める。

「またいつかお越しくださいましな」

おちよが愛想よく言った。

「ああ、次は仲間をつれて来るよ」

「豆腐飯の味を憶えちまったから」

客は笑顔で答えた。

のどか屋の客は、朝に名物の豆腐飯をふるまわれる。これが目当てで泊まる客もたくさんいるほどだ。

じっくり煮て味がしみた豆腐を、ほかほかの飯にのせる。まず匙《さじ》で豆腐だけすくって味わう。しかるのちに、薬味を添えてわっとまぜて食す。一膳で二度楽しめる口福《こうふく》の味だ。

すっかり気に入った藤沢の兄弟は、帰る前に昼ものどか屋で食べてくれた。

今日は鱚《きす》の風干し膳だ。

ゆうべから半日かけて干した鱚をほどよく焼き、若布《わかめ》と葱の味噌汁、三河島菜《みかわしまな》の胡麻和え、切干大根《きりぼしだいこん》などの小鉢を添えた膳だ。胃の腑を満たすばかりでなく、身の養いにもなるから、かぎった数でこしらえる膳がすぐなくなる。

「昨日はどちらへ行かれたんです？」

おそめがたずねた。

「本所の親方の仕事場を訪ねてから、近くの子授け如来《にょらい》にお参りしたんだ」

兄が答えた。

「おれら、まだ独り者なのによ」

弟が笑う。

「子授け如来ですか」

おそめが身を乗り出してきた。

「おう。兄弟子がお参りしたら、すぐ御利益《ごりやく》があって子宝に恵まれたんだ」

兄がそう伝えた。

「すぐ御利益があったと」

おそめが瞬《まばた》きをした。

「それが、ありすぎて双子《ふたご》ができちまったんだがよ」

弟がそう言ったから、のどか屋に笑いがわいた。

「そりゃ大変《てえへん》だ」

「御利益のありすぎも考えものだな」

「気張ってかせぐしかねえや」

昼を食べ終えて一服している大工衆が口々に言った。

「行ってみたら？　おそめちゃん」

おちよが水を向けた。

「そうそう。御利益があるかも」

おけいも和す。

「なら、多助さんと相談して、お休みを合わせて行ってみます」

おそめは乗り気で言った。

「あんまりでけえ寺じゃねえんだが」

「ざっと道順を教えるよ」

気のいい客が言った。

「それは助かります」

おそめはさっそく客から事細かに子授け如来の場所を聞いた。

ほどなく昼が終わり、曲げ物づくりの兄弟はのどか屋を発《た》った。

「またのお越しを」

「お待ちしております」

女たちの声がそろう。

「みゃあ」

二代目のどかも声を発した。

なくとなでてもらえることが分かったらしく、このところしばしば甲高い声でなく。

「道中、お気をつけて」

千吉が言った。

「おっ、いいあいさつだな、二代目」

「気張ってやんな」

藤沢の客は上機嫌で帰路に就いた。

二

次の午の日——。

時吉はのどか屋に帰ってきた。

午の日だけあるじが戻ることを常連客は知っている。隠居と元締めに加えて、黒四《くろよん》組《ぐみ》の面々も姿を現し、二幕目はにぎやかになった。

「初鰹《はつがつお》の季《とき》が来りゃ、川開きなんてあっと言う間だな」

安東満三郎《あんどうみつさぶろう》が言った。

芝居の脇役がつとまりそうなこの男が黒四組のかしらだ。将軍の履き物や持ち物を運んだりするのがお役目の黒鍬《くろくわ》の者は、三組までしかないことになっている。

しかし、実は世に知られない四番目の組があった。約《つづ》めて黒四組は、世を忍ぶ隠密《おんみつ》仕事に携《たずさ》わっている。隠密といえば諸国に忍びこむ御庭番《おにわばん》が知られているが、黒四組は小人数ながらより神出鬼没《しんしゅつきぼつ》に動く。諸国を股にかけた抜け荷や、大がかりな贋物づくりなどのだましもの等々、安東をかしらとする少数精鋭の黒四組はいままで数々の手柄《てがら》を挙げてきた。

そのねぐらと言っても過言ではないのがのどか屋だ。甘い物に目がないあんみつ隠密を筆頭に、みなの好みが分かっているから話が早い。かつては、元武家で磯貝徳《いそがいとく》右衛門《えもん》という名だった時吉が捕り物に加わったこともあった。

「おやっさんから文はねえのかい、おかみ」

万年平之助《まんねんへいのすけ》がおちよにたずねた。

「筆まめなたちだったら、こんなに案じちゃいないんですけどねえ」

おちよが苦笑いを浮かべた。

「師匠のことですから、いきなり『おう、帰《けえ》ったぜ』とか言いながら入ってきますよ」

時吉が珍しく長吉の声色《こわいろ》を遣ってみせた。

「はは、だといいがな」

万年同心が言った。

さまざまななりわいに身をやつして見廻っている縄張りは江戸の市中だから、一見すると町方の隠密廻りのようだが、実は黒四組に属している。正体がはっきりしないから、幽霊同心とも言われている男だ。甘ければ甘いほどいいという一風変わった舌の持ち主のかしらとは違って、料理の味にはなかなかにうるさい。

「上方《かみがた》のほうにつとめがあるのなら、ちょっと見てくるところなんですが」

いちばん年若の男が言った。

「軽く言うね、韋駄天《いだてん》さん」

隠居が笑う。

「まるで両国橋の西詰にでもふらっと行くみたいな調子だね」

元締めも白い歯を見せた。

黒四組のつなぎ仕事を一手に引き受けているのが井達天之助《いだてあまのすけ》だ。名の音を変えて約《つづ》めると「いだてん」になるのはいささか出来過ぎで、飛脚《ひきゃく》にも引けを取らない健脚ぶりを折にふれて披露している。

「うちには健脚もいれば剣客《けんかく》もいるからよ」

あんみつ隠密が木刀を振るしぐさをした。

剣客とは室口源左衛門《むろぐちげんざえもん》。自前の捕り方を持たない黒四組にひょんな成り行きで加わった武家だ。

「剣客さんは休みかい？」

隠居が訊く。

「平生《へいぜい》は道場の指南役《しなんやく》だからよ。剣客の出番がねえほうが世は泰平だ」

黒四組のかしらは答えた。

「はい、お待ちで」

千吉が皿を差し出した。

「おっ、いつものだな」

「はい、あんみつ煮で」

のどか屋の二代目が笑って告げる。

「千坊のあんみつ煮のほうが砂糖をたんと使ってるからうめえんだ」

あんみつ隠密はそう言うと、さっそく箸を取った。

油揚げをちょうどいい大きさに切る。小ぶりの三角にするのがいい。

それを鍋で茹《ゆ》で、醬油と味醂と砂糖で煮含めただけの簡便な料理だが、できたてでも冷めてもうまい。余ったらちらし寿司の具などになるから重宝《ちょうほう》だ。

「うめえ……が」

安東満三郎は首をひねった。

「せがれにつくらせましたが、何か足りませんでしょうか」

時吉が問うた。

「いつもより砂糖が足りねえんじゃねえか？」

甘いものに目のない男は鋭く問うた。

「減らしたのか？」

料理の師匠でもある父の問いに、跡取り息子は少しあいまいな顔つきでうなずいた。

「いままでは何も考えずにどんどん使ってたけど、砂糖は値が張るから、経費《かかり》も思案したほうがいいのかなと」

千吉は自信なさげに言った。

「でも、安東さまの好物だぜ」

兄弟子の信吉が言う。

「そんなところで経費なんて思案しなくてもいいから」

おちよもすかさず言った。

「見世のことまで思案するのはさすが跡取り息子だが、減らすところをちょっと間違えたね」

隠居が温顔で言った。

「相済みません。料簡《りょうけん》違いでした」

安東満三郎に向かって、千吉は非を認めて素直に謝った。

「いいってことよ」

あんみつ隠密は快く言った。

「相済みませんでした」

千吉が繰り返す。

「次からはまたうんと甘くしてくんな。これだってうめえんだがよ」

黒四組のかしらはそう言って笑みを浮かべた。

三

ややあって、力屋《ちからや》のあるじの信五郎《しんごろう》が姿を現し、一枚板の席に加わった。

馬喰町《ばくろちょう》の力屋は、読んで字のごとく食せば力の出る料理を客に供している。盛りが良く、身の養いにもなるから、飛脚や荷車引きや大工など、体を使うなりわいの男たちに重宝されている。

そんな男臭い飯屋で長く看板娘をつとめてきた娘のおしのは、時吉の弟子でもある京生まれの為助《ためすけ》と縁あって結ばれ、子宝にも恵まれた。のどか屋の猫縁者でもある信五郎は、毎日孫の守《も》りに余念がないらしい。

「二代目の料理人ができて、孫も生まれたからには、わたしもそろそろ隠居です」

力屋のあるじが言った。

「隠居と言やあ、上様《うえさま》が隠居されてしまったね」

季川が言った。

「そうそう。まあ、隠居したとはいえ、こちらのご隠居と一緒でまだまだ達者だからな」

あんみつ隠密が言った。

「上様とご一緒とは畏《おそ》れ多いことで」

季川は平伏するしぐさをした。

第十一代将軍家斉《いえなり》は、次男の家慶《いえよし》に将軍職を譲り、このたび隠居することになった。弱冠十五歳で将軍職に就いたのは、天明《てんめい》七年（一七八七）だ。いまは天保八年（一八三七）だから、実に五十年の長きにわたる。

人生五十年、と言われるから、人の一生分をまるまる将軍として過ごしたことになる。その家斉が隠居し、大御所《おおごしょ》になるという話は、江戸の民の口の端《は》にもずいぶんと上ったものだ。

「成り行きによっちゃ、お忍びの紫頭巾《むらさきずきん》がここへ食べにきたりするようになってたかもしれねえがよ」

少し声を落として、黒四組のかしらが言った。

「お忍びの紫頭巾ですか？」

井達天之助がいぶかしそうに問うた。

「おめえはまだわらべだったころの話さ。その気にさえなったら、ここのあるじは上様の料理番になってたかもしれねえんだ」

あんみつ隠密が答えた。

「上様の料理番に？」

力屋のあるじが心底驚いた顔つきになった。

「それはわたしも初耳だ」

元締めも言う。

「あれはもう十年以上も前の話だからね」

隠居がいくらか遠い目になった。

「もうそんなになりますか」

おちよが感慨深げに言った。

「後悔はねえかい、あるじ」

安東満三郎は問うた。

「まったくございません。わたしは市井《しせい》の料理人ですから」

時吉はすぐさま答えた。

「いや、しかし、何でまた上様の料理番に？　そんな白羽の矢が市井の料理人に立ったりはしないでしょう？」

まだ驚きの色を浮かべたまま、力屋のあるじが問うた。

「それは……ずいぶんと長い話になるんです」

時吉は少し困った顔つきになった。

「なら、おれが勘どころを話してやろう。今日の場ならしゃべっても平気だ」

あんみつ隠密が言った。

時吉がほっとした顔つきになる。料理の指南ならお手の物だが、こういうしゃべりはあまり得手《えて》ではない。

「わたしはさすがに歳で、細かいことは憶えてないがね」

隠居が白い髷に手をやる。

「おかみは味くらべのことなんぞを憶えてるだろう。助っ人を頼むぜ」

黒四組のかしらは軽く身ぶりをまじえた。

「承知しました。できるだけやらせていただきます」

おちよはていねいに頭を下げた。

四

いまはすっかり沙汰止みになってしまったが、昔は江戸の料理人が腕を競う「味くらべ」なる催しがあった。

倹約第一の天保の世とは違い、十年あまり前の文政《ぶんせい》時代にはそういった華のある催しごとが折にふれて行われ、かわら版にも載って世の人々を喜ばせた。

味くらべのあらましはこうだ。

江戸じゅうから選りすぐった四人の料理人が腕を競う。与えられたお題に従い、決められた時のあいだに懸命に腕をふるって舌だめしを待つ。

味もさることながら、見た目も大事だ。手際よく段取りを進め、きっちり仕上げなければならないから、よほどの力がなければつとまらない。

この味くらべの場に、時吉の師の長吉が出た。ただし、どうも性《しょう》には合わなかったようで、翌る年は時吉に白羽の矢が立った。代わりにおまえが出ろというわけだ。

当時ののどか屋は三河町にあった。千吉は生まれていないどころか、時吉とおちよは夫婦にもなっていなかったころだ。おちよは師匠の長吉の名代《みょうだい》として時吉ののどか屋を盛り立てていた。

味くらべの場には、世話人のほかに三人の吟味役がいた。四人の料理人が一対の組となって戦い、勝ち上がったほうがさらに戦う。二度勝てば、晴れて味くらべの勝者となり、江戸一の料理人の称号を得ることができる。

大店のあるじとおぼしい男や通人風の男に加えて、もう一人、付き添いを従えた紫頭巾の男が吟味役だった。頭巾で面体《めんてい》を周到に隠した男は、料理を味わうときだけ付き添い役の手を借りて舌だめしをしていた。

なかなかに味にうるさいこの男こそ、お忍びの将軍家斉だった。

しかし、この味くらべは一幕目にすぎなかった。

時吉にとっては青天《せいてん》の霹靂《へきれき》のごとき二幕目があったのだ。

「それでまあ……」

　あんみつ隠密は一つ座り直して続けた。

「平たくいえば、上様はのどか屋の味をすっかり気に入ってしまったわけだ。で、いま一度味わいたいということで、出張料理のためにあるじを呼び出すことになった。ほかならぬおれが呼び出し役だったんだがな」

　安東満三郎はおのれの胸を指さした。

「ひょっとして、御城へ呼び出したんですか？」

　この件については知らない元締めの信兵衛が驚いた顔で言う。

「そのとおりさ」

　黒四組のかしらが答えた。

　かしらから聞かされているのか、万年同心は涼しい顔で鮎《あゆ》の背越しに舌鼓を打っている。

「へえ、のどか屋さんにそんな晴れ舞台があったとは」

　力屋のあるじもびっくりした様子だ。

「おめえは知ってたのか？」

　信吉が千吉に問うた。

「うん。だいぶ前におかあから聞いたから」

千吉はおちよのほうを手で示した。

「で、まあ、御城じゃいろいろと山あり谷ありでよ」

あんみつ隠密が続けた。

「あのときは大変でした」

時吉が言う。

「ま、その話は込み入っていて、あんまり広めるようなもんじゃねえから端折《はしょ》らせてもらうぜ」

元締めと力屋のあるじは梯子《はしご》を外されたような顔つきになったが、安東満三郎はかまわず続けた。

「ともかく、上様がのどか屋の料理を気に入っちまってよ。ぜひともあるじに料理番としてつとめてもらいてえ、と」

「上様は『もらいてえ』とは言わないかと」

万年同心が言葉尻をとらえる。

その隣で韋駄天侍が笑みを浮かべた。

「そりゃそうだがよ。で、ここのあるじは頑固なところがあるから、どうあっても市《し》井《せい》の料理人でいたい、上様の料理番に出世などしたくねえと言うわけだ」

あんみつ隠密はさらに言った。

「いささかもったいない話ですね」

信五郎が言った。

「そうさ。『ありがたくお受けいたします』と話に乗っていりゃあ、いまごろは上様、いや、いまは大御所様の料理番だな、いずれにせよ、左うちわで暮らせていたのによ」

そうは言うものの、安東の目は笑っていた。

「うちの人は欲がないですから」

おちよが言う。

「はは、おかげでわたしらは行くところがあって助かってるがね」

隠居が笑みを浮かべる。

「たしかに。のどか屋さんがなかったら、うちの娘婿の為助との縁もなかったでしょうから」

力屋のあるじは、おしのの夫になった時吉の弟子を引き合いに出した。

「しかし、上様がぜひにと言ったら、なかなか断るのは大変じゃないかと」

信兵衛が首をひねった。

「そこは方便だよ、元締め」

あんみつ隠密が言った。

「と言いますと?」

信五郎が問う。

「のどか屋は火事で焼けてなくなっちまったことにしたのさ」

あんみつ隠密が答えを明かした。

「ああ、なるほど」

「大御所様はいまだにのどか屋のねえ世に生きてるわけだ。好物が食えなくて気の毒だが、その分、江戸の民が楽しんでるんだから上々吉《じょうじょうきち》よ」

黒四組のかしらはそうまとめた。

五

家斉隠居に端を発したむかしの話が一段落したところで、肴が続けざまに出た。

まずは、時吉が指南した鯛と烏賊《いか》の二色盛りだ。

「おお、いい色合いだね」

隠居がまず言った。

「鯛の身に湯をかけて湯霜《ゆじも》にしてますので」

千吉が胸を張る。

「湯をかけてから冷たい井戸水で締めると、身も皮も色が鮮やかになります」

時吉が言葉を補った。

「うん、同じこりこりでも味が違ってうめえな、二代目」

万年同心が厨の千吉に向かって言った。

「ありがたく存じます」

すっかり板についたしぐさで千吉が頭を下げる。

「うん、甘《あめ》え」

あんみつ隠密が相好《そうごう》を崩した。

甘いものに目がない安東の肴には、味醂がふんだんにかけられている。のどか屋と縁深い流山《ながれやま》の秋元《あきもと》家が醸造したとびきりの品だ。

「最近はお忙しいんですか？」

酒のお代わりを運んできたおちよが問うた。

ついさきほど、おけいとおそめが客をたくさん案内してきた。おかげで、二階からにぎやかな声が聞こえてくる。今日ものどか屋は千客万来だ。

「江戸じゃちょいと地攻《ちぜ》めが横行しててよ。そのうち芋づるを引っ張って、親玉をひっ捕まえてやろうと思ってんだが」

黒四組のかしらは身ぶりをまじえて言った。

「地攻めですか」

と、おちよ。

「おう。そうだ、元締め、何か耳に入《へえ》ってるかい」

安東満三郎は信兵衛に問うた。

「ここんとこ、長屋の家主が妙な按配に変わってるっていう話は聞いてますが」

信兵衛は答えた。

「妙な按配と言うと？」

隠居が訊く。

「たとえば……これは講で聞いた話なんですが」

元締めは猪口の酒を呑み干してから続けた。

「昔からあって町になじんでいた長屋で、井戸水が変になったり、幽霊が出たり、いろいろと面妖《めんよう》なことが起きて、家主が嫌気が差したところに、待ってましたとばかりに買い手が現れたりするそうなんですよ」

「そりゃ他人《ひと》ごとじゃないねえ、信兵衛さん」

隠居が言った。

「ええ。旅籠だけじゃなくて、長屋も持ってますからねえ」

元締めが答えた。

「やっぱりきな臭えか」

黒四組のかしらは顔をしかめて続けた。

「家守《いえもり》が住んでる沽券地《こけんち》でも、あの手この手で真綿で首を絞めるようなやり方で攻め、地主が嫌になるように仕向けていくらしい。嫌な世の中になったもんだぜ」

沽券地とは、沽券と呼ばれる証文をもとに土地の売買ができるところだ。「沽券にかかわる」という言葉がいまでも残っている。

その地主はおおむね裕福なあきんどで、実際の土地には住まず、家守を立てておく。その沽券地をおもに狙って、あの手この手の地攻め屋が暗躍しているようだ。

「まあ、ここは元締めがちゃんとしてるし、何よりおれらがついてるから安心だがよ」

万年平之助が白い歯を見せた。

「頼りにしてるよ、平ちゃん」

千吉が気安く言ったから、のどか屋に和気が満ちた。

第三章　鮑《あわび》づくし

一

昔のことは、妙に数珠《じゅず》つなぎになってよみがえってきたりするものだ。

将軍家斉の隠居にともない、昔の味くらべなどの話がのどか屋で出た。それがおちよの頭に残っていたから、品川《しながわ》から来た二人連れの客に向かって、ふと思いついてこうたずねた。

「品川といえば、紅葉屋《もみじや》という料理屋さんをご存知でしょうか。お登勢《とせ》ちゃんという娘料理人が厨に立っているはずなんですが」

「ああ、紅葉屋ならときどき行ってるよ」

品川宿の世話役だという男がすぐさま答えた。

「田楽《でんがく》と蒲焼《かばや》きがうまい見世でね」

その友とおぼしい男が笑みを浮かべた。

おけいとおそめの呼び込みでのどか屋に荷を下ろしたあとは、歩き回るのも大儀だからとそのまま座敷で呑んでくれている。いま、千吉が鰹《かつお》のたたきを出したところだ。鰹もすっかり値が落ち着いたから、心おきなく出すことができる。

「さようですか」

おちよは笑みを浮かべて続けた。

「その紅葉屋さんの奥座敷の壁に、古い発句の短冊が貼ってあったりしないでしょうか」

「おう、そう言や、貼ってあったね」

「おかみも行ったことがあるのかい」

品川から来た客が言った。

「ええ。むかしちょっと」

おちよは感慨深げな面持ちになった。

その短冊には、こう記されていた。

百年の先も紅葉のほまれかな

詠《よ》み手は、ほかならぬおちよだった。

百年先も見世が末永く続くようにと、思いをこめて贈った短冊だ。見世の名の「紅葉」を抜かりなく詠みこんでいる。

「紅葉屋さんはいまも繁盛されていますか？」

おちよはたずねた。

むろん、「繁盛している」という返事を期待したのだが、客からは意外な答えが返ってきた。

「あそこも苦労しているようでね」

世話人が首をかしげる。

「いまは一人になっちまってねえ」

そのつれが気の毒そうな顔つきになった。

「と言いますと？」

おちよの声がいくらか低くなった。

「だいぶ前は、料理人を雇っていい按配でやってたんだよ、おかみ」

世話人が言う。

「ええ。紅葉屋さんのことはちょっと知っていたもので。品川は遠いから、いつのまにか音沙汰がなくなってしまって、どうしているのかなと」

おちよの顔に憂いの色が浮かんだ。

のどか屋ののれんを出してから、いつのまにか長い月日が経った。三河町から岩本町、そしていまの横山町の旅籠付きの小料理屋まで、来てくださったお客さんは数多い。

ときどき昔のよしみで、古いなじみのお客さんがうわさを聞きつけて顔を見せてくれたりする。先だっての萬屋の卯之吉もそうだが、そういったお客さんを迎えるのはなにより嬉しいことだった。

しかし……。

同じむかしの縁でも、紅葉屋のお登勢は苦労しているようだ。おちよの顔に憂色が浮かぶのも無理からぬところだった。

「その料理人がのれん分けでやめちまったあと、入った料理人と所帯を持って、そのうち子もできたんだよ」

品川宿の世話人が言った。

「そこまでは良かったんですね」

と、おちよ。

厨では、千吉と信吉が手を動かしながら聞いていた。おけいも珍しくだれもいない一枚板の席を拭きながら耳を傾けている。おそめは外の掃除だ。

「そうそう。見世も繁盛してたしね」

そのつれが言う。

「それがどうして一人に？」

おちよがたずねた。

「せっかく一緒になった料理人の旦那がはやり病で亡くなってしまってねえ。おかみはまだ小さい子を抱えて、一人で切り盛りをしなきゃならなくなってしまったんだ」

世話人は答えた。

「まあ、それはお気の毒に……」

おちよは言葉をなくした。

もしわが身だったとしたら、どんなにつらかっただろう。

「お気の毒なことで」

おけいも拭き掃除を切り上げて言った。

品川宿から来た客は、腰を落ちつけて呑む構えになった。

世話人が安兵衛《やすべえ》、そのつれが五郎《ごろう》。ともに時吉よりいくらか年上で、品川のことなら何でも知っていそうな雰囲気だ。

「はい、肴ができました」

千吉が控えめに言った。

鮑《あわび》の磯辺揚げだ。

筋のいいなじみの乾物屋から入った海苔《のり》を使った磯辺揚げは、小粋な肴になる。竹輪《ちくわ》などもいいが、鮑を使えばさらにいい。親から子へと受け継がれた、のどか屋ではよく出る肴だ。

千切りにした鮑に片栗粉《かたくりこ》をまぶし、篩《ふるい》で余計な粉を落としてから揚げる。鮑がくっつかないように箸で混ぜながら揚げるのが勘どころだ。

余分な油を切ったら塩を振り、もみ海苔を混ぜて盛り付ければ、実にうまい酒の肴になる。

「で、まだ小さい子を抱えて、おかみは気張ってやっていたんだが……」

世話人の安兵衛の顔が曇る。

「去年あたりから、ちょくちょく筋の悪い客が来るようになってね」

つれの五郎が言う。

「筋の悪い客ですか」

おちよは眉根を寄せた。

「そう。おかみを目当てに通う男は前からいたが、それともどうも違うみたいで、料理に難癖をつけたり、腹をこわしたと言いがかりをつけたり、のれんを続けていく気が失せるような出来事が続いてるらしい」

安兵衛はそう告げた。

「もしやそれは……地攻め屋のしわざでは？」

あんみつ隠密から聞いた話を思い出して、おちよはたずねた。

「よく知ってるね、おかみ」

世話人が驚いたように言う。

「たぶんそうじゃねえかっていう話で」

つれの五郎も和した。

「でも、紅葉屋さんが再びのれんを出すときは、味くらべの元締めだった方《かた》の後《うし》ろ盾《だて》があったはず」

昔のことを振り返って、おちよは言った。

　ある日、麻布《あざぶ》からの飛び火が紅葉屋を襲った。お登勢の父は娘たちを逃がすと、見世の命であるたれが入った壺を救うために火の中へ飛びこみ、帰らぬ人となってしまった。

　味くらべで最後の料理をつくり、あとは髪を下ろして父の菩提《ぼだい》を弔《とむら》うつもりだったお登勢だが、救いの手が伸びて再び品川にのれんを出すことになった。古くから働いていた甚兵衛《じんべえ》という男もいたが、聞けば数年前に亡くなったらしい。

「その元締めもあきないが左前になったらしくてねえ。栄枯盛衰は世の習いだが、後ろ盾がなくなってしまったわけだ」

　安兵衛がいきさつを伝えた。

「後ろ盾がなくなったらどうなるべ？」

　信吉が小声で千吉にたずねた。

「沽券状とかを悪者が狙ったりするんじゃないかな」

　千吉は自信なさげに答えた。

「何にせよ、気になるのでそのうち行ってみます」

　おちよは言った。

「見世はわたしとおそめちゃんが見ますから」

おけいがすぐさま言う。

「もちろん、わたしも」

千吉が右手を挙げる。

「じゃあ、まずあした、長吉屋に行って話を伝えてくる」

おちよは跡取り息子に言った。

「はい、承知で」

千吉は打てば響くように答えた。

「昔の顔なじみが来たら、紅葉屋のおかみもいくらか気が晴れるだろう」

「そりゃあ、行ってあげるといいよ」

品川から来た二人の客が言った。

二

翌日——。

昼が終わると、おちよはのどか屋を出た。

「じゃあ、あとはよろしくね」

古株のおけいに言う。

「はい、行ってらっしゃいまし」

おけいが笑顔で送り出す。

「おまえもね」

ひょこひょこ出てきた小太郎の頭をなでると、おちよはのどか地蔵に軽く両手を合わせてから出かけた。

浅草へ行く途中、あきないの途中の多助にばったり会った。小間物屋の手代として信を置かれているから、ほうぼうの得意先を飛び歩いている。

「ご無沙汰しております。今日はどちらまで?」

多助が愛想良くたずねた。

「ちょっと相談事があって、長吉屋まで」

おちよは答えた。

「相談事でございますか」

「そうなの。昔の知り合いがどうも難儀しているらしくて……」

おちよはかいつまんで紅葉屋のことを伝えた。

「さようですか。剣呑《けんのん》な地攻め屋のうわさは、手前もちらっと耳にしたことがあるのですが」

多助の顔が曇る。

「そうそう、多助さん、品川宿へ行くこともあるわよね」

ふと思い立って、おちよは言った。

「ええ。手前どもが品を仕入れている腕のいい職人さんが、いくたりか住んでおりますので」

多助は答えた。

「次に行くとき、紅葉屋さんの様子を見てきていただけないかしら。うちのほうも、午の日なら動けると思うので、これから相談に行くところなんだけど」

おちよは言った。

「承知しました。紅葉屋さんですね？」

「そう。田楽と蒲焼きがおいしいお見世だから、人に訊けば分かると思うので」

「では、職人さんから品を仕入れがてら訪ねてまいりましょう」

多助は笑顔で請け合った。

その後は本所の子授け如来の話になった。

おそめからも聞いていたが、先日、さっそく二人で出かけたらしい。

「ご利益があるといいわね」

おちよは言った。

「ええ。また日を合わせて二人で行ってまいります。のどか屋のお客さんからいいところを教えていただきました」

多助はそう言って軽く頭を下げた。

「じゃあ、またのどか屋にも顔を出してくださいましな」

と、おちよ。

「はい。おいしいお料理をいただきにまいります」

小間物屋の手代は白い歯を見せた。

三

「なるほど、紅葉屋さんが難儀を」

時吉の表情が曇った。

長吉屋の一枚板の席だ。江戸十里四方所払いになったあるじに代わり、花板として料理を供する時吉と、まだ若い椀方の重吉《じゅうきち》が客の相手をしている。一枚板の席は今日が初めての重吉はかなり緊張の面持ちだ。

「そりゃあ大変だね」

隠居の大橋季川が言った。

今日はのどか屋ではなく長吉屋に顔を見せている。一枚板の席にはあと二人、商家の隠居が陣取っていた。どうやら碁敵《ごがたき》のようで、長吉屋でいくらか呑んでから烏鷺《うろ》の争いに興じるらしい。

「で、次の午の日に行ってみようかと思ったの」

おちよは時吉に言った。

「そうだな。千吉たちに厨を任せるのは不安だが、行ってみるか」

鯛の皮を揚げながら、時吉は言った。

鯛がうまいのは身や頭ばかりではない。皮も唐揚げにするといい酒の肴になる。切って片栗粉を薄くはたき、からりと揚げて塩を振る。これだけでいい。

「わたしも行くようにするよ。信兵衛さんにも声をかけて」

隠居が言った。

「ご隠居さんも、半ばはのどか屋の人みたいなものですからね」

おちよが笑みを浮かべる。

「はは、そうだね。おけいさんとおそめちゃんもいるんだから、二人で品川へ行っても平気だろう」

そう言う隠居のもとへ唐揚げが出た。

「お待ちどおさまで」

まだ硬い表情で、重吉がべつの客に出す。

場数《ばかず》を踏むのはこれからだが、なかなか筋のいい料理人だ。

「地攻め屋ってのは、わたしもうわさを聞いたことがあるよ」

相席の客が言った。

「昔の知り合いがそれで難儀をしているようなので、様子を見に行く段取りが決まったところでして」

おちよが言った。

「裏で大店《おおだな》が糸を引いてるらしいっていう話を聞いたがね」

客が耳に手を当てた。

「どこの大店でしょう」

時吉が問う。

「さあ、そこまでは」

客が答えた。

「そりゃ、糸をたぐられないように注意してるんじゃないかな」

その碁敵《ごがたき》が言った。

「地攻め屋が狙うのは小さな土地だが、そこに立った多くの旗を見て悦に入っている大店のあるじがいるわけだね」

隠居が言う。

「世も末ですねえ」

席が空いているので季川の隣に座ったおちよが嘆いた。

「あんみつさんたちも動いてるんだろう？」

時吉はいくぶん声を落として訊いた。

「網は張ってるみたいだから、そのうち捕まえてくれるといいんだけど」

と、おちよ。

「何にせよ、品川に行かないとな」

時吉の顔つきが引き締まった。

ほどなく、次の肴が出た。

弟子の重吉が下ごしらえをした海老団子《えびだんご》だ。

芝海老の頭と尾と殻を取ってたたき、卵白と片栗粉と塩をまぜて丸める。これに片栗粉をまぶして揚げれば、海老のうま味を封じこめたうまい団子になる。

「きちんときれいにそろったな」

仕上がりを見て、時吉が弟子に言った。

「はい、なんとか」

重吉はやっと笑みを浮かべた。

四

品川へ出かける前の日、二幕目に多助がのどか屋ののれんをくぐった。

「あっ、多助さん。どうだった?」

女房のおそめが問う。

「うーん、行ってきたんだけどね」

多助はあいまいな表情で答えた。

「芳《かんば》しくなかったのかい」

一枚板の席から、隠居が問うた。

多助がひと足早く、ゆうべから泊まりがけであきないがてら品川へ赴き、紅葉屋の様子を見てくる段取りになっていることは、おそめから聞いてみなが知っていた。

「田楽と蒲焼きがおいしい紅葉屋さんと言ったらすぐ教えていただいたので、見世は苦もなく見つかったのですが、入ってみたところ、芳しからぬ風体《ふうてい》の男が手下《てか》を従えて呑んでいましてねえ」

小間物屋の手代は浮かぬ顔で答えた。

「芳しからぬ風体の男……」

おちよが眉根を寄せた。

「六尺（約一八〇センチ）に近い大男で、大きな刀傷があって右目がつぶれておりました。髷は疫病本多で、ひと目見たら忘れられないような人相で」

多助が事細かに伝えた。

肴をつくりながら、千吉はそれをしっかりと聞いていた。

「そんな客が来たらたまらないねえ」

隠居が言う。

「われわれとは大違いだ」

その隣で元締めの信兵衛が言った。

すでに肴が出ている。鮑の味噌漬けだ。味噌床に二日ほど漬けた鮑を取り出し、ほどよくあぶれば酒の肴にもってこいだ。

「で、何か悪さをしてたの？」

おそめが多助に訊いた。

「悪さじゃないんだけど、『きれいさっぱり、のれんを売り渡してしまえば楽なのによう』とか『いまならそれなりの銭も出るんだぜ』とか、おかみに向かってねちねちと言ってたよ」

多助は答えた。

「まあ、おかわいそうに」

おそめの表情も曇る。

「先代のお父さんの思いがこもったのれんだから、そうおいそれとは」

おちよは首を横に振った。

「あんみつさんに捕まえてもらえないの？」

千吉が訊いた。

「地攻め屋の網は絞ってるそうだけどねえ」

おちよはあいまいな顔つきで答えた。

「下っ端だけ捕まえても仕方がないからね。なるたけ糸を引っ張って、親玉まで引きずり出したいところだねえ」

隠居が身ぶりをまじえて言ったとき、信吉が次の肴を出した。

「今日もいい鮑が入ったんで、塩蒸しにしてみました」

千吉の兄弟子が言った。

「磯辺揚げも名物だし、鮑づくしができそうだね」

隠居がやっと笑みを浮かべて箸を伸ばした。

鮑のわたなどを取り、表面が白く見えるまで塩を塗る。しばらくおいて味がしみたら塩を落とし、器に入れて酒と唐辛子を加える。これを蒸してから切れば、これまた渋い酒の肴になる。

「これ、駄目よ」

鮑に浮き足立ったゆきとしょうの親子をおちよがたしなめた。

「何にせよ、紅葉屋さんは助けが要《い》り用だと思います」

多助が話を戻した。

「明日、うちの人と一緒に行ってきますから」

おちよが引き締まった表情で言った。

「時さんなら、追い払うこともできるだろうからね」

隠居がうなずく。

「とにもかくにも、お登勢ちゃんに話を聞いて、相談に乗らないことには」

おちよが言った。

「のどか屋はちゃんとやるから」

千吉が二の腕をたたいた。

「頼むね」

おちよが笑みを浮かべた。

第四章　田楽《でんがく》と蒲焼《かばや》き

一

「では、頼むぞ」

　時吉は跡取り息子に言った。

「行ってらっしゃいまし」

　千吉がいい声で答えた。

「おけいちゃん、おそめちゃん、お願いね」

　おちよが女たちに言う。

「はい、お任せください」

「お気をつけて」

女たちの声がそろった。

信吉が走って、駕籠《かご》をつかまえてきてくれた。

品川まで、おちよは駕籠だが、若いころに鍛えている時吉は走ってついていく。人を乗せた駕籠はむやみに速くないから、ついていくのは苦にならない。

「あら、師匠。元締めさんも」

駕籠に乗りこもうとしたおちよが声をあげた。

向こうから、季川と信兵衛がやってきたのだ。

「今日はのどか屋の下働きだからね」

隠居が戯れ言めかして言った。

「わたしも同じだよ」

信兵衛も笑う。

「では、千吉をよろしくお願いいたします」

時吉が頭を下げた。

「品川と違って、ここには悪い客は来ないから」

「心安んじて行ってきてください」

二人の常連の声がそろった。

「じゃあ、あとをよろしくね」

いつものように酒樽の上で日向ぼっこをしている老猫のちのに向かって、おちよが言った。

ひと頃はだいぶ弱ったように見えたので覚悟したのだが、幸いにも持ち直してのどか屋の守り神を続けている。初代と二代目ののどかと同じ茶白の縞猫だ。

「みゃ」

ちのが短くないたから、のどか屋の見世先に和気が満ちた。

こうして、みなに見送られて、時吉とおちよは品川の紅葉屋に向かった。

二

「ここいらでいいですかい」

駕籠の先棒《さきぼう》が問うた。

「あんまり狭《せめ》えところへ入ったら難儀なんで」

後棒《あとぼう》が言う。

「じゃあ、下ろしてくださいな。場所は聞いてるので」

駕籠の中からおちよが言った。

紅葉屋の場所は多助から事細かに聞いている。

「へい」

「なら、止めまさ」

駕籠が止まった。

「ご苦労さん」

時吉も足を止め、駕籠代をいくらか多めに支払った。

「へへ、こりゃどうも」

「お気をつけて」

駕籠屋は上機嫌で去っていった。

「どこかで休んでいく?」

ずっと走ってきた時吉を気遣って、おちよが訊いた。

「いや、水は紅葉屋さんでいただくから」

時吉がそう答えたから、二人はまっすぐ紅葉屋へ向かうことにした。

教わった通りを入ると、ほどなくのれんが見えた。

「あれね」

おちよが指さす。

いくらか褪せた山吹色ののれんに、そこはかとなく紅葉をかたどって、「も」「み」「ぢ」「や」と屋号の仮名が散らされている。

「ん？」

紅葉屋に近づいたところで、時吉が足を止めた。

中から泣き声が聞こえてきたのだ。

男の子の声だ。


おかあ、いやだよ……


そんな声も響いてきた。

時吉とおちよは思わず顔を見合わせた。

これはまずいところに来てしまったかもしれない。


でも、丈助《じょうすけ》、うちはもう駄目なのよ。あきらめましょう……

お登勢の声だ。

「どうする？　おまえさん」

おちよが小声で問うた。

「ほかに悪いやつはいないようだな」

時吉も声を落として答える。

「なら……」

まだ泣き声が聞こえる見世のほうへ、おちよは意を決したように近づいた。

咳払いをしてから、のれんをくぐる。

「ごめんくださいまし」

おちよは、はっきりとした声で告げた。

時吉も続く。

おかみが顔を上げて二人を見た。

「ご無沙汰しておりました」

おちよが笑みを浮かべた。

その顔をけげんそうに見たお登勢の表情が、だしぬけに変わった。

相手がだれか思い出したのだ。

三

「まあ、いまだに短冊を貼っていただいて」

おちよが感慨深げに言った。

いま座っている奥座敷の壁に、かつておちよが思いをこめてしたためた短冊が貼られていた。

百年の先も紅葉のほまれかな

あのころは、畳がまだ若く、藺草《いぐさ》のいい香りがしていた。蒲焼きと田楽を供する見世ということもあって、いまはそこかしこに汚れが目立つ。

「あれからいろいろありまして」

お登勢が少し顔を伏せた。

今年九つだという息子の丈助はまだべそをかいていた。聞けば、紅葉屋ののれんを下ろすという話をしたところ、悲しがって泣きだしてしまったらしい。

「地攻め屋とおぼしい、たちの悪い客が来ているという話を聞いたんだが」

時吉はすぐさま本題に入った。

「ええ」

田楽をつくりながら、お登勢が短く答えた。

筋のいい豆腐を使った田楽と、鰻から秋刀魚《さんま》まで幅広い蒲焼き。父から受け継いだ秘伝のたれを使った料理は品川宿のほまれとまで言われたほどだが、すっかり影が薄くなってしまった。

「さっき、のれんを下ろすっていう声が聞こえたんだけれど」

おちよが気遣わしげに言った。

「死んだおとっつぁんと、一緒に切り盛りしてきた丈吉《じょうきち》さんの思いがこもったのれんなので……」

お登勢はそこで言葉に詰まった。

「地攻め屋が退治されたら、また変わりなく見世を続けられるじゃないか」

時吉が笑みを浮かべて励ました。

「いえ、でも、後ろ盾が亡くなって、沽券状も人に渡りそうなんです。もうここであきないをするのは、とてもとても」

お登勢は力なく首を横に振った。

「お客さんのほうはどう？」

おちよが問うた。

「たちの悪い人たちが来るようになってから、常連さんも潮が干くように来なくなってしまって……」

お登勢は唇をかんだ。

「おいら、紅葉屋を継ぐ」

九つのわらべが言った。

「おとうの跡を継いで、料理人になる」

しっかりとしたまなざしで、丈助は言った。

「おかあも、そのつもりだったんだけどね」

お登勢は瞬きをしてから続けた。

「おまえがひとかどの料理人になるまで、おっかさんが一人で頑張って、紅葉屋ののれんを守ろうと思っていたんだけれど……」

終いのほうは涙声になった。

場がいささか湿っぽくなったところで、ひとまず田楽ができた。

時吉は酒も頼んだ。

酒と肴を味わいながら、お登勢と丈助も座敷に呼んで話を続ける。

「地攻め屋を手先に使って、沽券状を手下に集めさせている大店のあるじがいると聞いた。その本丸に狙いをつけているお役人がうちの常連にいるんだ」

時吉は黒四組を念頭に置いて言った。

「そのお役人さんが働いてくださったら、悪い客も来なくなるかもしれない。あともうちょっとの辛抱《しんぼう》かもしれないわよ」

おちよも言う。

だが……。

お登勢の表情が晴れることはなかった。かつては娘料理人として気っ風《きぷ》のいい包丁さばきをしていたとは思えないほど、その顔には苦労の跡がにじみ出ていた。

「この子のことを考えたら……」

お登勢は瞬きをしてから続けた。

「このあたりが潮時かと。どこぞの仲居などの口があればつとめて、そのうちこの子が料理人の修業に入ってくれればと」

お登勢の言葉を聞いて、おちよと時吉は目と目で話をした。

長年連れ添ってきた夫婦だ。思案していることはすぐ分かる。

「わたしはいま、師匠の長吉屋の指南役をしているんだ」

時吉がそう切り出した。

「こちらもいろいろあってねえ」

と、おちよ。

「仲居にはいくらか空きがあるから、もしつとめる気があるのなら、浅草の長吉屋に来てみないか。それに、せっかくの腕があるんだから、仲居だけじゃもったいない。料理人としてもつとめてもらえればなおいい」

かつて味くらべで競い合った女料理人に向かって、時吉は言った。

「それなら、坊っちゃんもいずれ長吉屋で修業できるし」

丈助のほうをちらりと見て、おちよが言った。

「師匠はもう新たな弟子を取らないって言ってるが」

と、時吉。

「おとっつぁんの新たな弟子じゃなくて、おまえさんの内弟子ってことにすればいいじゃないの」

おちよが知恵を出した。

「そんな、何から何まで……」

時吉がうなずく。

「ああ、なるほど」

のどか屋の二人が話をどんどん進めていくから、お登勢はややうろたえたような顔つきになっていた。

「それに、元締めさんは長屋も持ってるから二人で暮らせるし、丈助ちゃんが大きくなってひとかどの料理人になったら、またどこかに紅葉屋ののれんも出せると思う。ここで悪い客の嫌がらせに耐えているより、そういう辛抱の仕方をしたほうが先の楽しみがあっていいかもしれないわね、おまえさん」

おちよは時吉の顔を見た。

「そうだな」

時吉はまたうなずくと、お登勢のほうを向いた。

「秘伝のたれが入った壺はまだ使ってるんだろう?」

「ええ、もちろんです。紅葉屋の命ですから」

お登勢はすぐさま答えた。

お登勢の父が一命を賭して救い出そうとした壺だ。その秘伝のたれはかつてのどか屋にも渡り、いまも蒲焼きのたれとして重宝している。継ぎ足せば継ぎ足すほどに時の深みも出てくるたれだ。

「なら、その壺と一緒に浅草へ移ればいいよ」

時吉は笑みを浮かべた。

「丈吉さんの形見《かたみ》の包丁なども一緒に」

と、お登勢。

「ああ、それはもちろん」

おちよがうなずいたとき、表で人の気配がした。

「おう」

野太い声が響いた。

紅葉屋ののれんを分けて、異貌の大男が入ってきた。

四

「そうかい。やっとのれんを下ろす気になったかい」

髷を細めの疫病本多に結った片目の大男が嫌な笑みを浮かべて、くいと冷や酒をあおった。

「もっと早くあきらめてたら、おれらもなんべんもここへ足を運ばなくても済んだんだがな」

その子分とおぼしい男が言った。

こちらも白目がちな悪相だ。

「ここの沽券状は人手に渡ったと聞いたが」

時吉が言った。

昔の知り合い、とのみ伝えておいた。ならず者に名乗ったりしたら、のどか屋に思わぬ累《るい》が及ぶかもしれない。

「おう。前の家主のあきんどはかわいそうに左前になっちまってよう。それを救ったのが新たな家主ってわけだ。ありがたく思いな」

片目の大男が言った。

「その家主は何者だ。裏であきんどが糸を引いているのか」

時吉は正面から踏みこんだ。

「んなこと、おめえの知ったこっちゃねえや」

「おれらも知らねえからよ」

紅葉屋に入り浸って、常連の足を遠ざけさせた二人組がしれっとした顔で言った。

その受け答えを聞いて、時吉は確信した。

こいつらは知っている。

知ってるからこそ、素知らぬ顔で「知らねえ」と言っている。

ならず者の思案は浅い。時吉には手に取るように分かった。

「で、ここはいつ空けるんでい」

片目の大男が問う。

「支度もありますし、いままでお世話になったお客様にごあいさつもしたいので、晦《みそ》日《か》まではと」

お登勢が言った。

「世話になった客って、ここんとこはろくに入《へえ》ってなかったじゃねえか」

「そりゃ、おれらが入り浸ってたからよ」

「がははは、悪いことをしたな」

「いまさら謝っても遅いですぜ、兄ィ」

地攻め屋たちが言う。

「晦日まであれば、家移りの支度もじっくりできるわね」

勝手なことを言っているならず者には取り合わず、おちよがお登勢に言った。

「ええ」

お登勢が感慨深げにうなずいた。

「でも、みんなと離れなきゃならないよ」

丈助がまたあいまいな顔つきになった。

「それは仕方がないね。浅草へ行けば、また新たな友ができるから」

時吉が言った。

「また落ち着いたら、ときどき品川へ来ればいいよ。おとうの思い出が、この品川にはいっぱい詰まってるから」

お登勢がそう言い聞かせた。

「……うん」

丈助はやっと小さくうなずいた。

「なら、おれらは次の城を落としに行くか」

大男が腰を上げた。

「城はいくらでもありますからね、兄ィ」

子分も続く。

「一つ城を落とせばいくらになるんだ？」

時吉が問うた。

「そりゃあ……」

子分が口を開く。

「おう、余計なことをしゃべるんじゃねえ」

片目の大男がすかさず制した。

「おれらのことを詮索《せんさく》したりしたら、ろくなことにならねえからな」

時吉に向かって凄む。

「分かった」

時吉はひとまず引き下がることにした。

「おう、邪魔したな」

「晦日までせいぜい稼ぎな」

地攻め屋たちはそう言い残すと、肩を揺らしながら紅葉屋から出ていった。

五

「鰻などを仕入れても売れずに無駄になってしまうので、こんなものしかできなくて相済みません」

お登勢がそう断って運んできたのは、豆腐の蒲焼きだった。

「このところ、こればっかり食べてるの」

丈助が言った。

ずいぶんべそをかいていたが、やっと表情が明るくなってきた。

「ごはんにのせるとおいしそうね」

おちよが言う。

「うん。いつもそうしてる」

九つのわらべが答えた。

きりっと締まったいい顔立ちだ。大きくなったら、さぞや見栄えのする料理人になるだろう。

「うちの豆腐飯とも一脈を通じてるな」

食しながら、時吉が言った。

「うん。揚げてあるし、たれもかかってるからおいしい」

おちよが笑顔で答えた。

「豆腐飯というのはどういうお料理ですか？」

お登勢がたずねた。

味くらべで時吉とお登勢が戦ったのは十年以上も前だから、豆腐飯はまだのどか屋の名物料理にはなっていなかった。

「豆腐を甘辛く煮て、ほかほかのごはんにのっけて、薬味を添えて召し上がっていただくの。うちの旅籠では、朝は必ず豆腐飯で」

「豆腐飯を目当てに泊まってくださるお客さんもいるくらいなんだよ」

のどか屋の二人が答えた。

「おいらも食べてみたい」

丈助が元気よく言った。

「だったら、浅草に越してから行こうね」

お登勢も笑みを浮かべて言った。

「うん、楽しみ」

丈助はいい返事をした。

「でも、これもおいしい」

おちよがそう言って、豆腐の蒲焼きの残りを胃の腑に落とした。

水気を抜いた豆腐に片栗粉をはたいてからりと揚げ、秘伝のたれを塗り、粉山椒を振る。それだけでも酒の肴になるが、ほかほかの飯にのせて刻み海苔などの薬味を添えると、のどか屋の豆腐飯とも一脈を通じるうまさになる。

「田楽も飯にのせて食べるとうまいがな」

時吉はそう言うと、お登勢に茶を所望した。

帰りも走るから、酒はもういい。

「味噌をたっぷり塗って、ちょっと焦がした豆腐田楽ね」

と、おちよ。

「そう。汁と小鉢をつければ、豆腐の田楽と蒲焼きだけでもいい膳になりそうだ」

時吉がそう請け合った。

「だったら、いずれどこかでまた開く紅葉屋で出しましょう」

お登勢が言った。

「たれと包丁だけじゃなくて、のれんも持っていかないと」

おちよが指さした。

「そうですね。今日はもうしまいましょう」

お登勢はそう言って立ち上がった。

ほどなく、のれんを手にして戻ってきた。

「これは新調したの？」

おちよが訊いた。

「ええ。丈吉さんと一緒になったとき、新たにつくったのれんなんです」

見世の名が染め抜かれたのれんを、お登勢はしみじみと見た。

「だったら、それも形見みたいなものだね」

時吉が言った。

「ええ。一緒に厨に立っていたこの見世から出なければならないのはつらいんですが
……仕方がないですね」

お登勢はおのれに言い聞かせるように言った。

「お登勢ちゃんだけじゃなくて、ほかにも泣いている人たちがいると思う」

おちよが言った。

「ほかにも？」

丈助が問う。

「ああ。いまの連中はほうぼうで悪さをしてるんだ」

と、時吉。

「でも、ひそかに網を張っているうちのご常連のお役人さんたちがいるから、そのうち捕まってお仕置になると思う」

おちよが言った。

「裏で糸を引いている本当に悪いあきんども一緒にね」

時吉が言葉を添えた。

「どうか、そのお役人によしなに、と」

お登勢が思いをこめて頭を下げた。

「ああ、伝えておくよ」

時吉は請け合った。

頃合いになった。

のどか屋の二人は紅葉屋を出た。

「では、浅草の住まいを決めて、一日に家移りということでいいね？」

時吉が段取りをたしかめた。

「はい、よしなにお願いいたします」

お登勢がまた頭を下げる。

「晦日まで、気張ってやってね」

おちよが励ました。

「ええ。一つ一つの料理に思いをこめて、丈吉さんと一緒につくっている心持ちでやります」

お登勢が引き締まった顔つきで答えた。

「おいらも手伝うよ」

丈助が言った。

「えらいな」

時吉がまだ髷を結っていない頭をなでてやると、わらべはやっと花のような笑顔になった。

第五章　竜田揚《たつたあ》げと鮎飯

一

「親子で暮らす分には不自由はないと思うよ」

元締めの信兵衛がそう言って、鰹の竜田揚げに箸を伸ばした。

もう五月も半ばだから、鰹の値もだいぶ落ち着いている。

「良かったねえ、長屋が早々と決まって」

隠居の季川も続いた。

さく取りをした皮つきの鰹を、さっとつけ汁に浸す。薄口醤油と酒、それにおろし生姜を加えたつけ汁だ。

汁気を取ったら片栗粉をはたき、からりと揚げる。油を切って、貝割菜《かいわれな》や長葱を付け合わせにして盛り付ければ小粋なひと品の出来上がりだ。

「なら、さっそくお登勢ちゃんに文を送らないと」

おちよが乗り気で言った。

「時さんも喜んでたよ」

隠居が顔をほころばせた。

「弟子《でし》になるの？」

千吉がおちよに問うた。

「まだ九つだから、もう少し大きくなってからね。しっかりした子だけど、さすがにその歳で下働きは無理だから」

おちよが答えた。

「おっかさんがつとめているあいだはどうするんだい」

元締めが問うた。

「できれば、寺子屋にやりたいと」

と、おちよ。

「なら、東明《とうめい》先生のところへ通《かよ》えるんじゃないかね」

隠居がすぐさま言った。

春田《はるた》東明はのどか屋の常連でもある手習いの師匠で、千吉も教わった。並々ならぬ学殖《がくしょく》を持っており、言葉にも深みがある。

「そうですね。そのあたりも文に書いておきましょう」

おちよは笑みを浮かべた。

「わらべのころから、学びはしておかねえとな」

座敷から岩本町の湯屋のあるじが言った。

「おいらだって、ちょっとは通ったんだぜ」

野菜の棒手振りの富八が得意げに言う。

先だっては萬屋のあるじの卯之吉も一緒だったが、あきないがあるからそうちょくちょく来ることはできない。湯屋のあるじはつとめを女房に任せて、客引きという大義名分でしょっちゅう足を運んでいる。初めのうちは小言《こごと》を言っていた女房だが、もうあきらめたようだった。

「何にせよ、いちばんの谷は越えたようで良かったね」

隠居の白い眉がやんわりと下がった。

「ほんに、地攻め屋に難儀してるって話を聞いたときは、どうなることかと思いましたけど」

おちよが胸に手をやった。

「見世をたたむのは寂しいだろうけど、またいい風も吹いてくるよ。江戸は広いから、どこでもやり直しが利く」

元締めが言った。

「おいらはしくじったらべつのところを回ればいいだけだから」

富八は天秤棒をかつぐしぐさをした。

「こっちはそういうわけにゃいかねえや」

湯屋のあるじがそう言ったから、のどか屋に笑いがわいた。

「はい、鮎飯の鮎、焼きあがりました」

信吉がいい声を響かせた。

「いまからほぐして取り分けますんで」

千吉も言う。

「千坊がやるのかい」

寅次が問う。

「わた付きの鮎をほぐすんで」

千吉が二の腕をたたいた。

「そりゃあ、お手並み拝見だね」

「腕前を見せておくれ」

一枚板の席の隠居と元締めが言った。

「なら、炊き込み飯のお釜を運びましょう」

前にも手伝ったことがあるおけいが言った。

「はいよ」

おちよも手を貸す。

座敷に竹の敷き物を置き、醤油と塩と酒と味醂で味をつけた炊き込み飯のお釜を置く。その上に、こんがりと焼いた鮎をのせてほぐしていく。

「ほんとはちょっと蒸らしたほうがいいんだけど、これでもおいしいので」

千吉はそう言うと、箸で鮎を軽くつぶし、器用に頭と中骨を抜いた。

「おお、うめえな」

「さすがは二代目」

座敷の客が声をかける。

「これ、駄目よ」

食い気に走る小太郎を、おちよがひょいと抱き上げた。

「尾っぽと中骨と頭はあげるから」

千吉が言った。

さっそく皿に入れて与えると、ゆきとしょうもえらい勢いで走ってきて、競うようにはぐはぐと食べだした。

「わたは抜かねえんだな」

寅次が覗きこんで言った。

「ほろ苦いところがおいしいんですよ」

おちよが言う。

おけいは刻んだ蓼《たで》の葉を入れた器を持って待機していた。

「はい、お願いします」

ひとわたりほぐして、茶碗に取り分けたところで千吉が言う。

「承知」

おけいが蓼の葉を散らすと、さわやかな鮎飯ができあがった。

まずは座敷、続いて一枚板の席の客にふるまわれる。

「おお、こりゃうめえな」

湯屋のあるじがすぐさま言った。

「蓼の葉がいい仕事してるじゃねえか」

富八がそこをほめる。

「はは、言うと思ったよ。でも、格別の風味だね」

隠居が満足げな顔つきになった。

「どこへ出しても恥ずかしくない腕前になったな」

元締めが千吉に言った。

「まだまだ修業ですから」

千吉は浮かれずに答えた。

二

品川の紅葉屋の前に貼り紙が出ていた。

今月みそかにて
見世じまひです
長らくのごひいき

ありがたくぞんじました

もみぢや

それを見て、いったん途絶えた客足がいくらかは戻った。

丈吉と二人で切り盛りしていた頃からの常連客が、名残《なごり》を惜しんでのれんをくぐってくれるようになったのだ。

「おや、文かい？」

その一人である銘茶問屋の隠居が訊いた。

「ええ。次に住むところを決めていただいたので」

文に目を通してから、お登勢は答えた。

のどか屋のおちよから文が届いた。それによると、常連の元締めがすぐ動いてくれ、浅草の長屋に首尾よく入れることになったらしい。まずはひと安心だ。

「どこ？　おかあ」

丈助がたずねた。

「浅草の福井町だよ。おかあがつとめる長吉屋さんの近くなの」

お登勢が答える。

「長吉屋という名は聞いたことがあるね」

隠居はそう言って、猪口の酒を呑み干した。

「名のある見世なんですか？　大旦那さま」

お付きの手代が問う。

「下のほうだが、料理屋の番付にも載っていたと思う。そうかい、そういう見世でつとめられるのなら安心だね」

隠居は笑みを浮かべた。

「ええ。この子がもう少し大きくなったら、修業もさせようと思っているので」

お登勢が丈助を手で示した。

「ほう、料理人になるのかい」

銘茶問屋の隠居がわらべに問うた。

「うん。おとうの跡を継いで、料理人になる」

丈助はきっぱりと言った。

「そりゃ、向こうでおとっつぁんも喜んでるね」

隠居が目をしばたたく。

「のれんとたれに、あの人の包丁も持っていきますので」

鰻の蒲焼きをつくりながら、お登勢は言った。

「いずれは二代目が継ぐことになりますね」

手代が言う。

「お世話になったのどか屋さんにも跡取り息子さんがいて、もう厨に立っているそうなので」

と、お登勢。

「じゃあ、兄弟子になるの?」

丈助が大人びた口調で言った。

「そうなるわね。……はい、できました」

お登勢は蒲焼きの皿を差し出した。

「おお、来た来た」

「いい香りです」

銘茶問屋の主従はさっそく食しはじめた。

「鰻に鰯《いわし》に、秋は秋刀魚。どんなものでも、紅葉屋のたれを塗ればうまい蒲焼きになるねえ」

隠居が感に堪えたように言った。

「豆腐もありますよ、大旦那さま」

手代が箸を止めて言う。

「そうそう。豆腐は田楽だけじゃなくて蒲焼きもうまいんだ」

と、隠居。

「豆腐の蒲焼きをご飯にのせたものをいずれ名物にすればどうかと師匠からは言われてるんです」

お登勢が言った。

「ああ、それはいいね」

銘茶問屋の隠居はすぐさま答えた。

「おいら、長屋を見たいし、兄弟子にも会いたい」

丈助がだしぬけに言った。

「一日にもう家移りだから。その大八車の手配もしてくださったんだって」

お登勢が文を入れたふところに手を当てた。

「その前に行きたいのかい」

隠居が問う。

丈助はこくりとうなずいた。

「なら、早めに駕籠で出て……のどか屋さんに泊まるという手はあるわね」

お登勢はふと思いついたように言った。

「みそかまではまだいくらか間があるんだから、行ってくればいいよ」

隠居が温顔で言った。

「さようですね。長吉屋さんにもごあいさつをしておきたいし」

お登勢はそう言いながら指を折った。

時吉が午の日だけのどか屋に戻ることはおちよから聞いた。それに合わせて行ったほうがいいかもしれない。

「じゃあ、三日後に行きましょう」

お登勢は丈助に言った。

「わあい」

跡取り息子は弾んだ声をあげた。

三

「久々に呼び込みに行ってくるか?」

時吉が千吉に声をかけた。

「ああ、じゃあ、行ってきます」

千吉はすぐさま答えた。

のどか屋の昼の部が終わったところだ。

今日は厨の手が足りているから、ざるうどんと海老天を合わせたものを出した。うどんは時吉の隠れた得意料理だ。力があるから、こしのある麺になる。

千吉が切りを受け持った。いつのまにか腕が上がり、幅がよくそろったうどんになった。

「千坊が切ったのかい」

「うめえじゃねえか」

「うどんの名店にも負けてねえぞ」

食べにきてくれた植木の職人衆が口々にほめてくれたから、千吉は得意げだった。

その昼が終わり、中休みを経て二幕目に入るのだが、今日はまだ旅籠のほうの約が何も入っていなかった。そこで、千吉に呼び込みの声がかかったのだった。

「じゃあ、一緒に行きましょう」

おそめが言った。

「三人がかりでね」

おけいも和す。

「半 裃《はんがみしも》はちょっと窮屈になったかもしれないわね」

持ってきたおちよが少し首をかしげた。

前に「おりやうり　はたご」、後ろに「よこやま町　のどか屋」と染め抜かれた半裃は、「小さい番頭さん」の成長に合わせてつくり変えたことがあるが、それでもいささか窮屈そうだ。

「んーと……なんとか入るよ」

千吉はどうにか両腕を通した。

「もう来年は無理だな」

時吉が笑う。

「なら、最後のおつとめで」

千吉は腕を回してみせた。

「ああ、頼むぞ」

時吉が声をかけた。

「お願いにゃ」

おちよが二代目のどかを抱っこして言った。

茶白の縞猫はきょとんとした顔で千吉を見ていた。

四

「えー、お泊まりは横山町ののどか屋へ」

千吉のいい声が響いた。

両国橋の西詰だ。大道芸人や辻説法なども出る繁華な場所で、行き交う人が途切れることはない。横山町からも近いし、旅籠の呼び込みにはここがうってつけだ。

「名物は……」

「豆腐飯」

「一度食べたらやみつきの……」

「豆腐飯を、召し上がれ」

おけいとおそめが息の合った掛け合いを見せる。

「あっ、先を越された」

そう言って手を挙げたのは、大松屋《おおまつや》の升造《ますぞう》だった。

「あきないがたきだ」

千吉が白い歯を見せた。

「おんなじ元締めさんじゃないか」

升造も笑う。

そちらには、おこうがついていた。

元締めの信兵衛が持っている旅籠をいくつも掛け持ちで働いている娘で、手が足りないときにはのどか屋にも来る。

「忙しい？　おこうちゃん」

おけいが訊いた。

「まあ、そこそこです」

おこうが答える。

「どこも似たようなものね。そんなに旅のお客さんが多いわけでもないし」

おけいが言った。

「お泊まりは料理自慢ののどか屋へ」

「内湯がついた大松屋へ」

千吉と升造が競い合って声を張り上げる。わらべのころからの遊び仲間だが、どちらも背丈が伸びた。

そのうち、内湯に引かれた客が升造とおこうのもとへ来た。

「じゃあ、お先に」

先に客をつかまえた升造がにやっと笑って言った。

「そのうち、追いかけるから」

千吉が軽く右手をあげた。

しばらく経っても、なかなか客は捕まらなかった。

「ちょっと立つところを変えてみるかな」

千吉はそう言って、二人の女からいくらか離れた。

そして、また呼び込みを始めようとしたとき、ふと瞬きをした。

六尺に近い大男が目に入ったのだ。

しかも、顔に刀傷がある。片目だ。

もしや、と千吉は思った。

江戸に似た風体《ふうてい》の男がそういるとは思えない。あの男が紅葉屋に難儀をかけた地攻め屋ではなかろうか。

片目の大男は荷車引きたちと談笑していた。どうやら顔なじみのようだ。

ほどなく、片目の大男はその場から立ち去っていった。

千吉も動いた。

だが、いささかいぶかしいことに、千吉が追ったのは片目の大男ではなかった。話をしていた荷車引きのほうだった。

「えー、お泊まりは横山町ののどか屋へ。朝はおいしい豆腐飯がつきますよ」

荷車引きたちの前で、千吉は言った。

さりげなく荷車と衣装を見たが、どこにも屋号は記されていなかった。ただし、荷は積まれている。どうやら酒樽のようだ。

「おれらに声をかけたって駄目だぜ」

「南新堀《みなみしんぼり》から横山町へ泊まりに行ってどうするんでい」

荷車引きが鼻で笑う。

「南新堀の下り酒問屋の荷車で？」

千吉がわざと軽い調子でたずねた。

「おう、にし……」

「おっと、しゃべっちゃいけねえ」

一人があわてて制した。

どうやら屋号を記していないのにはわけがあるようだ。

「とにかく、ほかを当たりな」

人相の悪い男がにらみを利かした。

「へい、相済みません」

千吉はおとなしく引き下がった。

五

「兄弟子《でし》は？」

丈助がのどか屋を見まわして問うた。

信吉と名乗った若い料理人はいるが、跡取り息子の千吉の姿は見えなかった。

「いま旅籠の呼び込みに行ってるの。おっつけ帰ってくるから」

おちよが笑顔で言った。

「なら、ちょっと待ってあいさつしてから浅草に向かいましょう」

そう言ったのは、紅葉屋のお登勢だった。

品川から息子の丈助とともに駕籠でやってきた。これから浅草の長吉屋へあいさつに行き、のどか屋に泊まる段取りになっている。

「なら、われわれも一緒に行くかね」

一枚板の席で呑んでいた隠居が元締めに言った。

「さようですね。わたしは長屋へ案内しないといけないので」

信兵衛が猪口を置いた。

「そろそろ帰ってくる頃合いですが」

時吉が厨から言う。

「あっ」

おちよが声をあげた。

小太郎がさっと表のほうへ飛び出していったのだ。勘の鋭い猫だからもしやと思ったら、案の定だった。

ほどなくにぎやかな声が響き、のどか屋の面々が客を案内して戻ってきた。

武州《ぶしゅう》の川越《かわごえ》から江戸の親族のもとを訪れた夫婦や、あきないで下総《しもうさ》から来た者など、三つの部屋が埋まったから上出来だ。すでに紅葉屋の親子は二階の部屋に荷を下ろしている。

「では、ご案内いたします」

「どこもいいお部屋ですので」

おけいとおそめが如才なく言って、客を旅籠のほうへ案内していった。

それを見送ってから、おちよが千吉に言った。

「こちらが話に出ていた紅葉屋さんよ」

お登勢と丈助を手で示す。

「あっ」

千吉は妙な声をあげた。

「『あっ』じゃないでしょう。ちゃんとごあいさつしなさい」

おちよがたしなめる。

「う、うん……のどか屋の跡取り息子の千吉です」

千吉はぺこりと頭を下げた。

「品川の紅葉屋の登勢と……」

お登勢はせがれに目くばせをした。

「跡取り息子の丈助です」

今度は丈助がおじぎをする。

「長吉屋に修業に入ったらみな『吉』名乗りをするから、亡くなったお父さんと同じ

『丈吉』になるね」

時吉は言った。

「ああ、なるほど、二代目の丈吉に」

お登勢は感慨深げに言った。

それから、二人の常連を紹介した。そのあいだも、千吉は何かを伝えたくてうずうずしている様子だった。

「なら、ゆっくり歩いていくかね」

隠居が腰を上げた。

「ちょっと師匠に話が」

そこで千吉がさっと右手を挙げた。

「何だ？」

時吉が訊く。

「紅葉屋さんに厄介をかけていた地攻め屋がいたの。片目の大男」

千吉は頭のはるか上に手をやった。

「本当か」

時吉の顔色が変わった。

「間違いないよ。で、その大男、荷車引きたちと話をしていて……」

耳にした話を含めて、千吉はいきさつを事細かに伝えた。

「南新堀の下り酒問屋か」

時吉が腕組みをした。

「手柄じゃねえかよ」

車海老の背わたを取りながら、信吉が言った。

「『にし……』と言ったんだね？」

元締めが千吉のもとへ歩み寄って訊いた。

「はい。屋号などはどこにもなかったので、隠してるんだと思います」

千吉は答えた。

「南新堀の下り酒問屋で『にし』がつくのなら、西宮屋《にしのみやや》だろうね」

物知りの元締めが言った。

「ええ、ほかに『にし』のつく下り酒問屋はなかったはず」

時吉がうなずく。

「西宮は上方《かみがた》の酒の産地だからね」

隠居が言った。

「じゃあ、その西宮屋が……」

お登勢が口を開いた。

「悪者なの？　おかあ」

丈助が問う。

「そうと決まったわけじゃないけど、地攻め屋を使っていたとするなら……」

おちよは時吉の顔を見た。

「平仄《ひょうそく》がぴたりと合うな」

手ごたえありの表情で、時吉は言った。

「悪いことをしてるから、屋号を隠してたんだと思うよ。荷車にも半纏《はんてん》にも、どこにも付いてなかったから」

千吉が言った。

「読むねえ、千坊」

隠居が笑みを浮かべる。

「そりゃあ、きっと図星だよ」

元締めも和す。

「だったら、安東さまのほうへお伝えしないと」

おちよが言った。

「うまい具合にふらっと来てくれるといいんだが」

時吉はのれんのほうを指さした。

「待っていても埒《らち》が明かないから、文を書きましょう」

おちよが進んで言った。

「それがいいね。浅草へ行く途中に飛脚問屋へ寄れるから」

隠居が言う。

黒四組のかしらの安東満三郎の屋敷は番町《ばんちょう》にある。飛脚の足なら今日中に届くだろう。

「悪者は捕まるの？」

丈助がお登勢に訊いた。

「捕まるわよ」

母はすぐさま答えた。

「だったら、また見世をできる？」

九つのわらべはなおも問うた。

「沽券状のこともあるから、それは無理かも。浅草でやり直しましょう、一から」

お登勢が言うと、丈助はこくりとうなずいた。

ほどなく、文が書きあがった。

書いたのはおちよだ。俳諧師の弟子だから、文句はすらすらと浮かぶ。

息を吹きかけて墨を乾かすと、支度が整った。

「なら、それはわたしが飛脚問屋に」

厨を出た時吉が手を伸ばした。

「お願いします」

おちよは文を渡した。

「じゃあ、仕切り直しで、浅草へ」

隠居が笑みを浮かべた。

「ごあいさつが終わったら、観音さまへお参りするからね」

お登勢が丈助に言った。

「うんっ」

九つのわらべが元気のいい声で答えた。

第六章　大車《おおくるま》三種盛り

一

「はい、お待たせしました」

千吉が一枚板の席に朝の膳を出した。

むろん、豆腐飯だ。

「わあ」

丈助が声をあげた。

「おいしそうね」

お登勢も笑みを浮かべる。

「初めに、匙で上の豆腐をすくって食べるんだよ」

千吉が丈助に教える。

「こう？」

九つのわらべが手を動かした。

「そうそう。それから、豆腐とご飯をわっとまぜて食べるの。最後に、薬味をまぜて食べたら、三つの味が楽しめるから」

のどか屋の跡取り息子は、手際よく食べ方を教えた。

「あっ、おいしい」

お登勢が声をあげた。

「ほんとだねえ。味がしみてておいしいよ」

「この宿に泊まってよかったな」

川越からの客が座敷で笑顔で言った。

「おれら、朝だけ食いに来たりしてるからよ」

「近場で普請《ふしん》があったら大喜びよ」

土間で車座になったそろいの半纏の大工衆が言う。

「今日は汁もうめえぞ」

「今日も、だぞ」

大工の一人がそう言って、浅蜊《あさり》の殻をちゃりんと小皿に置いた。

豆腐飯に浅蜊汁。それに、青菜のお浸しと煮豆がつく。身の養いにもなる、のどか屋自慢の朝の膳だ。

「丈助ちゃんにはちょっと量が多いかもしれないけど」

おちよが言った。

「うん、気張って食べる」

丈助がそう答えたから、のどか屋に和気が満ちた。

「無理そうなら、おかあが食べてあげるから」

お登勢が笑みを浮かべた。

昨日は時吉たちの案内で浅草の長吉屋へあいさつに行った。かつて味くらべに出たこともある女料理人が地攻め屋の嫌がらせに遭い、後ろ盾も亡くして半ば逃れるようにして浅草へ来たと告げると、みな気の毒がってあたたかい言葉をかけてくれた。人の情のあたたかさに、お登勢は思わず目頭《めがしら》が熱くなった。

そのあとは、元締めの信兵衛の案内で長屋を見に行った。雨露がしのげるのなら多少の不便は覚悟のうえだったが、思ったより広くてきれいだったのは望外の喜びだった。一緒に井戸を使うことになる女たちも親切ですぐ打ち解けた。これなら案じることはなさそうだ。

浅草でひとわたり下見《したみ》をしたあとは、時吉がのどか屋まで送ってくれた。明日から長吉屋の指南役があるから、のどか屋で仕込みをすると、時吉はすぐまた浅草へ引き返していった。

「おお、うまかったぜ」

「朝から精がついた」

素早く食べ終わった大工衆が腰を上げた。

「毎度ありがたく存じます」

おけいが頭を下げる。

「またのお越しを」

千吉がいい声を響かせた。

「はい、次の鍋あがったよ」

信吉が言った。

朝の分がたとえ余っても昼に出せるし、のどか屋の煮込み豆腐は冷めてもうまい。いつも多めにつくっている。

「ご飯にまぜるとおいしい」

丈助が弾んだ声をあげた。

「おいしいだろう?」

と、千吉。

「うん。上手《じょうず》だね、お兄ちゃん」

丈助はいつのまにか千吉のことを「お兄ちゃん」と呼んでいた。

「海苔や胡麻を振ると、なおのことおいしいですね」

お登勢がおちよに言った。

「ええ。刻み葱と粉山椒もありますから」

と、おちよ。

「今日はないけど、山葵《わさび》もおいしいです」

千吉が言葉を添えた。

ずいぶん時はかかったが、丈助は豆腐飯をきれいに平らげた。

「わあ、すごいね」

千吉がほめる。

「もう、おなかいっぱい」

丈助が手で腹をたたいた。

「また食べに来てね」

おちよが言った。

「うん」

丈助がうなずく。

「つくり方も教わりたいですね」

お登勢が言う。

「ええ、いくらでもお教えしますので。いずれ紅葉屋さんでも出してください」

おちよが快く言った。

「のどか屋の豆腐飯は、ほうぼうのお見世に伝わってるんで」

千吉が胸を張った。

「だったら、おいらも出す」

紅葉屋の跡取り息子が力強く言った。

二

「駕籠、呼んできたよー」

千吉が小走りに戻ってきた。

生まれつき左足が曲がっていてずいぶんと案じられた千吉だが、その後の療治がうまくいき、遅いながらもこうして走れるまでになった。

横山町の界隈は旅籠町だから、そこの客を当てこんだ駕籠屋もいる。品川へ戻る二人乗りの駕籠はすぐさま見つかった。

「では、大変お世話になりました」

お登勢がていねいに頭を下げた。

「いえいえ、こちらこそ。お気をつけて」

おちよが笑顔で見送る。

「また来てね」

千吉が丈助に言った。

「うんっ」

九つのわらべが元気のいい返事をした。

見世の前では、老猫のちのが酒樽に上るところだった。

むかしは苦もなく跳び乗れたのだが、歳のせいでいささか難儀になった。そこで、木箱をいくつか重ねて段をつくってやったところ、「よいしょ、よいしょ」と一段ずっ上って、酒樽の上で気持ちよさそうに寝るようになった。

「えらいね」

おちよが首筋をなでてやった。

「長生きするんだよ」

千吉もなでる。

「じゃあ、わたしも」

「おいらも」

お登勢と丈助も、ちのの背中をなでてやった。

ごろごろ、ごろごろと猫がのどを鳴らす。

「そろそろ行きますかい」

駕籠屋が声をかけた。

「はい、では」

お登勢がすぐさま答えた。

「では、お気をつけて」

「またね」

のどか屋の二人に見送られて、紅葉屋の親子は品川へ帰っていった。

三

二幕目に入ると、隠居と元締めがつれだって入ってきた。

「紅葉屋さんは無事帰ったかい？」

隠居が問う。

「ええ。千吉と丈助ちゃんがすっかり仲良くなって」

おちよが笑顔で答える。

「そうかい、そりゃよかった」

と、隠居。

「長屋も気に入ってくれたから、ひと安心だね」

元締めも笑みを浮かべる。

そうこうしているうちに、おけいとおそめが客をつれて戻ってきた。

と言っても、前にもいくたびか泊まってくれた越中《えっちゅう》富山《とやま》の薬売りだった。ありがたいことに、江戸ではのどか屋を定宿《じょうやど》にしてくれている。

「また世話になるっちゃ」

「しばらくあきないで豆腐飯を食うことに」

「飯を食うのがあきないみてえだな」

にぎやかに掛け合いながら、薬売りたちは二階の部屋へ案内されていった。

それからほどなく、よ組の火消し衆がのれんをくぐってくれた。今日は千客万来だ。

「祝いごとってわけじゃねえんだが、こいつに子ができるんで、何かめでてえものでもつくってくんなよ」

かしらの竹一《たけいち》が若い火消しを指さして言った。

「まあ、それはおめでたく存じます」

おちよが言う。

「へえ、どうも」

若い火消しはにやけた顔で答えた。

「こんなときじゃねえと祝ってもらえねえからな。うめえもんをいっぱい食っときな」

だいぶ貫禄が出てきた纏《まとい》持ちの梅次《うめじ》が言った。

「へえ、楽しみにしてまさ」

いい声が返ってきた。

「というわけで、信吉っつぁんと千吉、腕によりをかけて頼みますよ」

おちよが厨に言った。

「へいっ」

「承知で」

若い料理人の声がそろった。

今日はいい車海老が入っている。なかには大車《おおくるま》と呼ばれる大ぶりなものもあるから、料理人の腕の見せどころだ。

まず供されたのは、車海老のあられ揚げだった。

ふぞろいであきない物にならないあられを安く仕入れ、細かく砕いて衣《ころも》にする。あられには醬油の下味がついているから、香ばしくて実にうまい。

「おお、こりゃうめえ」

「箸が止まらねえな」

火消し衆は上機嫌だ。

「いま、大車も出しますんで」

信吉が言った。

「数にかぎりがありますから、まずはお祝いの方に」

千吉が如才なく言い添えた。

「口が回るようになったじゃねえか、千坊」

かしらの竹一が笑みを浮かべた。

「千坊はまた手柄を立てたんだよ、かしら」

一枚板の席から、隠居が言った。

「そうそう。地攻め屋の裏で糸を引いてるやつに目星をつけたんだ」

元締めが伝える。

「へえ、そりゃ凄《すげ》え」

纏持ちの梅次が言った。

そこで大車の三種盛りが出た。

「お待たせいたしました」

おちよが運ぶ。

「おお、こりゃ豪勢だな」

「いいな、おめえだけ」

よ組の火消し衆が口々に言った。

大車の頭は香ばしく焼き、身は造りに、尾はからりと揚げる。三つの味が楽しめる華やかな三種盛りだ。

続いて、枝豆と新生姜のかき揚げが出た。この取り合わせは金平《きんぴら》でもうまいが、かき揚げもなかなか乙《おつ》なものだ。

「これは丼にのせてもいけそうだね」

元締めが満足げに言った。

「そうそう。たれはあっさりでも濃いめでも合いそうだ」

隠居も賛意を示す。

「うん、さくさくしててうめえ」

「からっと揚がってるぜ」

火消し衆の評判も上々だ。

「お次は鯵《あじ》攻めで」

千吉が手を動かしながら言った。

「祝いのお客さんだけ凝《こ》ったものを」

信吉も言う。

ほどなく、料理ができあがった。

「はい、茗荷《みょうが》巻きはこちらに」

おちよが若い火消しの前に皿を置いた。

「またおめえだけかよ」

「おいらもまた子をつくるかな」

仲間が冷やかす。

「すまねえこって。ああ、鯵の身で茗荷を巻いてあるんですな」

若い火消しはさっそく箸を伸ばした。

「味噌の風味もつけてます」

千吉が言った。

金串を三本打って鯵の身を綴《と》じ、切れ目を入れて火の通りをよくしなければならないので手間がかかるが、茗荷と味噌の風味が効いた自慢の肴だ。時吉が書物で学んだものを千吉に伝授した料理だから、親子二代の重みがある。

「こっちの干物だってうめえぞ」

「醤油をかけた大根おろしをたっぷり添えてよ」

ほかの火消し衆も、ただの鯵の干物をうまそうに食していた。

「ところで、地攻め屋の裏で糸を引いてるやつに目星をつけた話をもっとくわしく聞きてえな」

梅次が言った。

「そうだな。何で分かったんだい、千坊」

かしらが訊く。

千吉は得たりとばかりに、片目の大男が荷車引きたちと話しこんでいたときの話のあらましを語った。

「ちょいと待ちな」

梅次が右手でこめかみを押さえた。

「いま、片目の大男って言ったな？」

手を離し、千吉に問う。

「うん。六尺くらいある大男」

千吉が手を止めて答えた。

「あいつですかい、兄ィ」

火消しの一人が言った。

「そうかもしれねえ」

梅次がうなずいた。

「心当たりがあるんですか？」

おちよがたずねた。

「ああ。前に火事場で見たことがあるんで。手下みてえなやつと一緒に妙な動きをしてやがった」

梅次は答えた。

「初めは野次馬だと思ったんだが、ひょっとしたら火付けじゃねえかって、あとで言ってたんで」

かしらの竹一も言う。

「右に刀傷があって、髷が細いやつだよ」

千吉が告げた。

「間違いねえ。そいつだ」

梅次は両手をぱちんと打ち合わせた。

「地攻め屋が火付けをやるのは平仄《ひょうそく》が合わないでもないね」

元締めが言った。

「迷惑な話だが、焼き払ってしまえば話が早いっていうわけか」

と、隠居。

「そりゃあ、網を張って早くひっ捕まえなきゃな」

よ組のかしらが言った。

「昨日、安東さまに文をお出ししたので、おっつけ来てくださるんじゃないかと」

おちよが伝えた。

「そうかい。なら、任せといていいな」

竹一は笑みを浮かべた。

「早く来ないかな、あんみつさん」

千吉がぽつりとつぶやいた。

「もうそろそろ見えると思うんだけど」

おちよがそう言って胸に手をやった。

のどか屋のおかみの勘ばたらきに狂いはなかった。それからほどなくして、黒四組の面々がのれんをくぐってきた。

四

「そうかい。火事場にもいやがったのかい、その片目の大男は」

ひとわたり話を聞いた安東満三郎が言った。

「こりゃ大手柄だぞ、千坊」

万年同心が千吉に言う。

「まだ捕まったわけじゃないから」

千吉は慎重に答えた。

「実は、西宮屋も網の端のほうに引っかかってたんだ」

一枚板の席に陣取った黒四組のかしらはそう明かした。

「ほう、それなら話が早そうだね」

隠居が言う。

「やはり西宮屋が黒幕だと？」

元締めがたずねた。

「地攻め屋は地回りのやくざ者みてえなもんだ。凄味を利かせて、狙いをつけた場所から出て行かせようとしやがる。うまくいったら、何食わぬ顔で新たな大家が入る。そいつを裏で操っているのが黒幕っていう寸法だ」

あんみつ隠密が言った。

「なら、どうします？　捕り物なら、おれらも力を貸しますぜ」

よ組のかしらが身を乗り出した。

「おう、そりゃ頼もしい。いま火盗改にも根回しをしてるところだ」

安東満三郎は言った。

「捕り物になったら室口さまも?」

おちよが問うた。

いちばん新たに黒四組に加わった室口源左衛門のことだ。

「もちろんだ。韋駄天をいまつなぎに走らせてる」

あんみつ隠密はそう答えると、千吉がつくったあんみつ煮に箸を伸ばした。

「砂糖を多めにしてます」

千吉が笑みを浮かべた。

「おお、ありがてえ」

黒四組のかしらも渋く笑った。

「こりゃ、いよいよのどか屋に十手《じって》を預けないといけませんな」

万年同心がそう言って、獅子唐《ししとう》のじゃこまぶしを口に運んだ。

油で炒めた獅子唐に、胡麻油で揚げたじゃこをまぶす。この取り合わせは酒の肴にもってこいだ。

「そうだな。西宮屋の息がかかってるとおぼしいやつに妙な按配に沽券状が集まり、ほうぼうで長屋を建てている様子なので、不審に思ってたところだった」

　安東満三郎はそう明かした。

「地攻め屋を使って住めねえようにしたり、火付けまでやらかしたりしてるんだから、とっちめてやらねえと」

　梅次が力《りき》む。

「お仕置きにしちまいましょうや」

「住むとこを取られちまった江戸の衆の仇討ちだ」

　若い衆も和す。

「悪知恵の働く者は痛みに弱えからな。泣く子も黙る火盗改の責め問いにかけてやりゃ、十中八九、吐くだろうよ」

　あんみつ隠密は荒っぽいことを言った。

「なら、千坊もいよいよ十手持ちの料理人か」

　万年同心が言った。

「いや、でも、師匠がうんと言わないと」

　千吉はあわてて言った。

「千坊は十手を預かる気があるんだな？　もっとも、黒四組の十手だから、大《てえ》したことはねえけどよ。……うん、甘くてうめえ」

あんみつ隠密はあんみつ煮をうまそうにほおばった。

「どうするの？　千吉」

おちよが問う。

「ううん、そうだなあ……」

いま一つ煮えきらない様子で、千吉は答えた。

「みゃあ」

二代目のどかが土間でないた。

「預かりなって言ってるよ」

隠居が笑う。

「これだけいろいろ手柄を立てたんだから、ほうびだと思って見世の神棚に飾っておけばいいよ」

元締めも言った。

「うん、じゃあ、しょっちゅう使わなくていいのなら。それから、師匠が受けるって言うのなら」

千吉は半ば折れるように言った。

「よし、それなら乗りかかった船だから、このたびはおとっつぁんにも捕り物に加わってもらうか」

黒四組のかしらはそんなことを言いだした。

「えっ、うちの人もですか？」

おちよが驚いたように言った。

「おお、そりゃいいや」

「ここのあるじは悪者退治にゃうってつけだから」

「あっと言う間に退治してくれるぜ」

よ組の火消し衆が口々に言った。

「うーん、でも、いまはただの料理人なので」

おちよはあいまいな顔つきのままだ。

「なに、西宮屋は高をくくってるはず。ならず者を山のように飼っていたりしたら怪しまれる。千坊が糸をたぐってきた片目の大男とその子分くらいだろう。踏みこんでふん縛って火盗改に引き渡したら、あとは存分に責め問いにかけてもらうだけだ。こらえ性なく吐いてお仕置きになるばかりよ」

あんみつ隠密はそんな見通しを示した。

「どんどんつくってくんな、のどか屋の親分さん」

火消し衆が言う。

「へい、承知で」

千吉が兄弟子とともにつくったのは、小判揚げだった。

白身魚と山芋をよくすり合わせ、生姜のしぼり汁と塩胡椒を加える。これを小判のかたちにまとめ、薄めの衣をつけてからりと揚げる。

そのままでもいいし、生姜醬油につけてもうまい。冷めてもうまいが、やはり揚げたてにまさるものはない。

「うめえなあ」

「さすがの腕だぜ」

火消し衆がうなる。

「うん、砂糖醬油が甘くてうめえ」

特注の小皿に小判揚げを浸したあんみつ隠密が言った。

例によって、隣で万年同心がうへえという顔つきになった。


「なら、前祝いで」

五

翌日の二幕目――。

浅草の長吉屋の浜名《はまな》の間《ま》に、あんみつ隠密の姿があった。今日は万年同心ばかりでなく、黒四組の用心棒の室口源左衛門も一緒だ。

「千吉は受けると言ったんですか」

時吉はたずねた。

板場は脇板の捨吉《すてきち》と若い衆に任せ、小部屋でじっくり話を始めたところだ。

のどか屋より格式が高く、商談などでよく用いられる長吉屋には、人数に合わせた大小の部屋がいくつもあり、それぞれに名がついている。浜名の間で鰻料理などを味わいながらじっくりと話をする客も多かった。

「そりゃあ、おとっつぁん次第だと。まんざらでもなさそうだったがな」

あんみつ隠密はそう言って、お通しの蒲鉾《かまぼこ》を味醂に浸した。

「千坊に続いて、今度はおとっつぁんに見せ場をつくってもらうっていう段取りで」

万年同心が言った。

「憚《はばか》りながら、それがしも」

室口源左衛門が刀の柄《つか》をぽんとたたいた。

「で、段取りは」

時吉は訊いた。

「やってくれるかい」

あんみつ隠密は笑みを浮かべた。

「紅葉屋に難儀をかけたやつで、火付けまでやらせているとあらば、ひと肌脱ぐしかありません」

時吉は腹をくくったように言った。

「それでこそ、のどか屋のあるじだ」

黒四組のかしらが言った。

「頼りになるのう」

無精髭を生やした源左衛門が笑う。

「なら、段取りを進めると……」

安東満三郎は座り直して続けた。

「韋駄天がほうぼうかけずり回って聞きこんできたところによれば、西宮屋は毎年、両国の川開きに屋根船を出すそうだ。そりゃおあつらえ向きじゃねえか」

「なるほど、陸《おか》に上がったところでお縄にすると」

時吉がうなずく。

「そのとおりだ。ただ、用心はいいほうで、陸に見張りを立たせるらしい。大方《おおかた》、例の片目の大男らだろう」

安東満三郎が言った。

「用心棒まで屋根船に乗せるわけにはいきませんからな」

万年平之助が言ったとき、仲居が料理を運んできた。

浜名の間らしく鰻料理だが、ただの蒲焼きのたぐいではない。料理屋らしく工夫を凝らしてある。

胡瓜《きゅうり》とともに和《あ》えた鰻《う》ざくに、ぴりっと辛い山椒煮、牛蒡《ごぼう》を巻いた印籠煮《いんろうに》、どの料理にもたしかな技が活《い》きている。

締めは鰻茶《うなちゃ》だ。胃の腑のほうもこれで存分に満たされる。

「ああ、久々にうまいものを食わせてもらったわ」

源左衛門が満足げに言った。

「その分、働いてもらうからな」

黒四組のかしらが言う。

「望むところで」

気のいい武家の表情が引き締まった。

「今年の川開きは、ことに楽しみですな」

万年同心が言った。

「おう。頼むぞ、あるじ」

あんみつ隠密が言った。

「承知で」

時吉は気の入《はい》った声で答えた。

第七章　川開きの捕り物

一

五月（陰暦）二十八日、夏の始まりを告げる両国の川開きが行われる。江戸っ子がいちばん浮き立つ日だ。

呼び物は両国橋のたもとから打ち上げられる花火だ。橋は見物衆で押すな押すなの騒ぎになる。

その見物客を当てこんで、大川端にはとりどりの屋台が出る。そのいちばん端のほうに、あまりあきないいっ気がなさそうな様子で、蕎麦の屋台が出た。

もっとも、この日だけ出ているわけではない。いつも大川端を縄張りにしている翁《おきな》蕎麦《そば》だ。

屋台のあるじは、もと素人噺家《しろうとはなしか》の元松《もとまつ》だ。のどか屋とは縁が深く、黒四組とも見知り越しの仲だ。

のどか屋の親子に十手をという話がまとまりかけているが、元松はひと足先んじて十手を預かっている。屋台のあきないをしながら、折にふれて巾着《きんちゃっ》切りを追ったり、怪しい者を注進に及んだりしていた。

その翁蕎麦の屋台に、黒四組の面々の姿があった。

「いよいよだな」

安東満三郎が腕組みをして川面のほうを見た。

「だいぶ暗くなってきました」

万年平之助が大川のほうを指さした。

「つなぎのほうはお任せください」

井達天之助がよく張った腿をぽんとたたいた。

つなぐ相手は火付盗賊《ひつけとうぞく》改《あらため》方《かた》だ。いくらか離れたところに捕り方が陣取っている。

「おう、頼むぞ」

黒四組のかしらが言った。

「はい、どんどんつくってますんで」

翁蕎麦のあるじが丼を出した。

「まずは腹ごしらえだな」

そう言って、室口源左衛門が受け取った。

「ああ、いい香りだ」

続いて、時吉が受け取る。

今日は硬い樫《かし》の棒を持参してきた。感ずるところあって剣を捨て、包丁に持ち替えて久しいが、備えのために棒を常備し、折にふれて振るう稽古も積んでいる。

「おれらの分も頼むぜ」

よ組のかしらの竹一が言った。

「人が食ってるのを見ると、腹が減ってくるからな」

纏持ちの梅次が言った。

ほかにもよりすぐりの若い衆が四人いる。これだけいれば、屋根船の連中も逃げられまい。

「へい、どんどんつくりまさ」

元松が小気味よく手を動かした。

とろろ昆布が入った翁蕎麦は、大川端では人気の屋台だ。もとは乾物屋だったから、鰹節を見る目がある。こしのある蕎麦と具もさることながら、つゆもうまい。

「なら、ちょっと見張りがてら流してきます」

韋駄天侍がそう言うなりもう走りだした。

「おう、頼むぜ」

黒四組のかしらが軽く右手を挙げた。

翁蕎麦がみなに行きわたり、あらかた平らげられた頃合いに、一つ二つ、屋根船の提灯《ちょうちん》に灯りがともりはじめた。

「西宮屋は亀甲《きっこう》に西が屋号だ。遠くからでもよく分かるはずだろう」

あんみつ隠密が言った。

「地攻め屋との関わりを悟られないように、普段はなるたけ屋号を隠していやがったんだがな」

万年同心が忌々《いまいま》しそうに言った。

ほどなく、韋駄天侍が小走りに戻ってきた。

「いましたよ、片目の大男」

声を落としてかしらに告げる。

「いやがったか」

安東満三郎がとがったあごに手をやった。

「手下と一緒に陸から見張ってます。場所は分かったので」

井達天之助の声に力がこもった。

「いよいよですね」

時吉の表情が引き締まる。

「よし。せいぜい最後に楽しんでおきな」

大川のほうを見て、あんみつ隠密はにやりと笑った。

二

「たまやー」

両国橋の上から歓声があがりだした。

屋根船の提灯の色がしだいに濃くなっていく。亀甲西の屋号もくっきりと浮かんだ。

「わが世の春でございますな、旦那さま」

古参の番頭がしたたるような笑みを浮かべた。

「まあ、それなりにな」

南新堀の下り酒問屋、西宮屋のあるじは朱塗りの盃に注がれた酒をくいと呑み干した。

名を庄三郎《しょうざぶろう》という。手堅いあきないで、問屋仲間でも一目《いちもく》置かれている男だが、裏の顔を知る者は少ない。

「目立たぬように、鯛の造りも地味めにしておりますな」

その一人である口入れ屋の的屋甚兵衛《まとやじんべえ》が言った。

「倹約第一の世だからな。無駄に派手な尾頭付きの活けづくりなどで豪遊してお上《かみ》に目でもつけられたらたまらぬわ」

西宮屋庄三郎はそう言うと、鯛の刺身に箸を伸ばした。

「お上のほうにも賂《まいない》はしておりましょう？」

番頭が次の酒を注ぐ。

「それでも地味にしておらねばなりませんか、お父さん」

跡取り息子が問うた。

「おまえはそれだから知恵が足りんのだ」

庄三郎はげんなりした顔つきになった。

「こうして屋根船を出したりするのも年に一度だ。あとは地味なあきんどに徹する。

そうしていれば、この先もずっと安泰だからな」

西宮屋のあるじは扇子で風を送った。

「はあ」

遊びたいざかりの跡取り息子はやや不満げな表情だ。

「まあ、言ってみれば、手前が楯《たて》になっておりますのでね。地攻め屋が取ってきた土地や長屋などにはこちらの息のかかった差配を置いて、意のままに操るわけです」

口入れ屋の的屋が笑みを浮かべた。

「差配に人手が要っても、口入れ屋ならどうとでもなるからな」

と、西宮屋。

「なかには素性の怪しい者もおりますが、要は人形《ひとがた》みたいなものですから」

的屋甚兵衛はそう言って、また次の刺身に箸を伸ばした。

屋根船のなかには、料理人を雇って目の前で調理させたりするところもあるが、西宮屋はあらかじめできたものを船に入れるだけだった。人の耳を遠ざけるためだ。船頭も見世の古株を使っている。

「地攻め屋の後ろに人形の差配、その裏に口入れ屋、さらにその裏にわたしがいるわけだから、だれも察することなどできまいて」

西宮屋のあるじはにんまりとした。

「千里眼《せんりがん》でもなければ、察することは無理でございましょう」

番頭が追従《ついしょう》笑いを浮かべた。

「まあ、この調子で旗の立て放題だな」

庄三郎がまた盃に手を伸ばした。

「こちらも甘い汁を吸わせてもらいますので」

的屋のあるじがすぐさま注ぐ。

「若旦那も先々が楽しみですな」

番頭が跡取り息子に酒を注ぐ。

「まあ、身代が大きくなってくれれば」

息子はまんざらでもなさそうな顔で盃を干した。

そんな按配で宴は続いた。

やがて花火が終わり、両国橋を埋めつくした江戸の衆が少しずつ帰路に就きだした。

「よし、そろそろ帰るか」

西宮屋のあるじが言った。

「へい」

船頭が竿を動かす。

やがて、屋根船は岸に向かってゆっくりと動きだした。

三

「動きました」

目のいい韋駄天侍が言った。

「おう、出番だな」

黒四組のかしらが帯をぽんとたたいた。

「つないできます」

井達天之助が果断に動く。

「頼むぜ」

安東満三郎がひと声かけた。

「よし」

時吉が短く言って、樫の棒をつかんだ。

「腕が鳴るのう」

室口源左衛門が刀の柄《つか》をたたく。

「おれは啖呵《たんか》を切ったらすぐうしろへ隠れるから、捕り物は頼むぜ」

あんみつ隠密が言った。

「かしらも捕り物に加わらなきゃ」

万年同心が言う。

「人にゃ向き不向きってもんがあらあな」

安東満三郎は軽くいなした。

よ組の火消し衆にも気が入《はい》った。

「抜かるな」

かしらの竹一が言った。

「片目の大男をまず見張れ」

纏持ちの梅次が言う。

「へい」

「合点で」

鳶口《とびぐち》を手にした若い衆の声がそろった。

火の手が広がらないように家を壊すときに使う道具だ。先端に鳶の嘴《くちばし》のような鉄の刃が付いている。

ほどなく、火の入った提灯がいくつも近づいてきた。

火盗《かとう》
見ただけで震えあがりそうな字で、黒々とそう記されている。

「頼みますぜ」

黒四組のかしらが張りのある声を発した。

「心得た」

火盗改の精鋭を率いる与力が答える。

機は熟した。

捕り方は勇んで動きだした。

四

屋根船が船着き場に着いた。

西宮屋庄三郎の一行をいくたりかが出迎える。

そのなかには、用心棒役の片目の大男も含まれていた。昼間は関わりがあることを知られないように気をつけているが、夜なら多少は平気だ。

「ちょいと酔ってしまったな」

手を借りて陸に上がった庄三郎は苦笑いを浮かべた。

的屋甚兵衛と、西宮屋の跡取り息子と番頭も続く。

それを見計らっていたかのように、だしぬけによく通る声が響いた。

「地攻め屋の黒幕、西宮屋庄三郎、並びにその一味、覚悟しな」

声を発したのは、安東満三郎だった。

「げっ」

庄三郎は目を瞠った。

「旦那さま、これは」

番頭がうろたえる。

的屋は口をぱくぱくさせていた。あまりの驚きに声も出ない。

「御用だ」

「神妙にせよ」

火盗改方の提灯が揺れる。

「逃げられねえぜ」

「観念しな」

よ組の火消し衆が勇んで言った。

「何をしている。やってしまえ」

西宮屋のあるじは片目の大男に命じた。

「食らえっ」

用心棒が長脇差を抜いた。

「それがしが」

室口源左衛門が前へ進み出た。

上背はあるが、敵は基本ができていない剣だ。正しく受け止め、えいとばかりに撥《は》ね返せば、大男の足元がたちまちもつれた。

「しゃらくせえ」

手下の一人が時吉に向かってきた。

「ぬんっ」

棒で撥ねのけ、素早く二の腕を打つ。

「ぐわっ」

痛みにうずくまったところへ、わっと火消し衆が取り囲んだ。

「神妙にしな」

「縛り上げろ」

「おう」

手下の一人はたちまちお縄になった。

「だれか……」

西宮屋庄三郎の目が泳いだ。

「お父さん」

跡取り息子は半ばべそをかいている。

だが……。

助けはこなかった。

頼みの用心棒の大男は、髭面の武家に峰打ちにされ、いままさにお縄になるところだった。

「御用だ」

「御用」

提灯が揺れる。

跡取り息子は腰を抜かした。

なすすべもなくお縄になる。

「も、申し上げます」

口入れ屋がどこか抜けたような声を発した。

「て、手前は西宮屋に因果《いんが》を含められただけで。悪だくみは、みなこの西宮屋の思いつきで」

的屋甚兵衛はふるえる指で庄三郎を指さした。

「な、何を言う」

庄三郎は弱々しく言い返した。

悪い夢を見ているかのようだった。

地攻め屋の手下は次々に捕まり、口入れ屋はあっさりと寝返った。いまのいままで屋根船でわが世の春を謳歌していたのに、信じられない変わりようだった。

これは夢だ。水を浴びれば覚める。

朦朧《もうろう》とした頭で、庄三郎は考えた。

そのとき、ある思いつきが浮かんだ。

そうだ。それしかない。

地攻めの黒幕はやにわに振り向き、大川へ飛びこんだ。

五

「待て」

時吉はいち早く察した。

うち見たところ、ほかの捕り物は大丈夫そうだ。

片目の大男は室口源左衛門が倒した。

「ゆえあって名乗れねえが、悪いやつはこのおれが許さねえぜ」

火の粉がおのれにふりかかってこない段になってから、あんみつ隠密が芝居がかった啖呵を切る。

それを見届けると、時吉は素早く帯を解き、頭から真一文字に大川の水の中へ飛びこんでいった。

水練には心得がある。

足だけで立ち泳ぎをしながら、弓を射たり剣をふるったりすることもできるほどだ。

ことに踏み足の強さはだれにも負けない。

「待て」

時吉はすぐさま西宮屋に追いついた。

「う、うわあっ」

地攻め屋の黒幕は大川の水を呑み、いまにも溺《おぼ》れかけていた。

無理もない。帯も解かずに飛びこんでいる。

着物は水を吸って重くなる。逃げねばと焦れば焦るほど、動きが鈍くなってくる。

「落ち着け」

時吉は立ち泳ぎをしながら西宮屋のあるじのほおをはたいた。

「観念して、おれにつかまれ」

有無を言わせぬ口調で言うと、時吉は黒幕の脇に腕を差し入れた。

そのまま引きずるように泳ぐ。

さしもの時吉も疲れてきたが、岸の提灯が少しずつ大きくなってきた。

「だれかっ」

短く叫ぶ。

よ組にも泳ぎが達者な者がいた。

「おい、加勢しろ」

かしらの竹一が命じた。

「へいっ」

若い衆が帯を解いた。

ほどなく、助っ人がたどり着いた。

これでもう大丈夫だ。

立ち泳ぎを続けながら、時吉はほっと一つ息をついた。

六

「何にせよ、めでたいことで」

一枚板の席で隠居の季川が言った。

「これで地攻めに遭っていた人たちも枕を高くして寝られますな」

その隣で元締めの信兵衛が笑みを浮かべた。

「みなの働きのおかげだ。礼を言うぜ」

座敷に陣取った黒四組のかしらが頭を下げた。

その隣には万年同心、韋駄天侍と用心棒の室口源左衛門も控えている。

「なんの。大《てえ》したことはやってませんや」

よ組のかしらの竹一が言った。

「もっともみ合いになったりするかと肚《はら》をくってたんで、ちょいと物足りなかったくらいで」

纏持ちの梅次が言う。

ほかにも捕り物に加わった若い衆の顔があった。

今日は川開きの捕り物の打ち上げだ。時吉も来られるように、午の日を選び、二幕目からは貸し切りにした。

祝いごとだから、活きのいい鯛をたくさん仕入れた。千吉も兄弟子の信吉とともにせわしなく手を動かしている。

「で、西宮屋は洗いざらい吐いたんですかい？」

よ組のかしらがたずねた。

「さすがは火盗改の責め問いだ。それだけはご勘弁をと、ほかにも息がかかってるやつを洗いざらい吐きやがった」

あんみつ隠密は上機嫌で答えた。

「地攻め屋の手先はまとめて遠島になるようで」

万年同心が言う。

「口入れ屋は罪が重いので死罪だがな。首魁の西宮屋は申すに及ばずだ」

安東満三郎が言った。

「すると、問屋も？」

おちよがたずねた。

「むろん、すべて没収だ。家族もお店者《たなもの》も路頭に迷うことになる。悪事を働いた報いだから、致し方あるまい」

黒四組のかしらがそう言ったとき、刺身の大皿に続いて、見事な尾頭付きの鯛の大皿が運ばれてきた。

「お待たせいたしました。鯛の納豆焼きでございます」

時吉がそう言って大皿を置いた。

「ほう、納豆焼きか」

室口源左衛門が身を乗り出した。

「納豆はお好きですか」

時吉が問う。

「大の好物だ」

　髭面が崩れる。

「それなら、おいしく召し上がっていただけるかと存じます」

　時吉も笑みを浮かべた。

「いま鯛飯もつくってますんで」

　千吉がいい声をあげた。

「飯台のまま出しますから」

　信吉も言った。

　しばらくみなの箸が進み、新たな徳利が次々に運ばれた。

「ところで、お登勢さんは気張ってやってるかい？」

　隠居が時吉に問うた。

　すでに六月に入っている。一人息子の丈助とともに品川を出て浅草に移ったお登勢は、長吉屋で働きはじめていた。

「ええ。昨日は厨にも入ってもらいましたよ」

　時吉が答えた。

「丈助ちゃんも？」

千吉が問う。

「ああ。寅吉と同じ長屋だから、遊び相手になってもらっている」

寅吉は縁あって潮来《いたこ》から来たいちばん年若の弟子だ。

「そりゃ良かったべ」

仲が良かった信吉が笑みを浮かべる。

「これで、いずれまた紅葉屋ののれんを出せたら万々歳ね」

おちよが言った。

「長吉屋は客筋がいいから、そのうちまたいい後見役が現れると思うよ」

隠居が温顔で言った。

「いっそのこと、ご隠居が後見役になったらどうだい」

あんみつ隠密が水を向けた。

「わたしゃ、のどか屋の酒代に注ぎこんでるから、もう貯えがないよ」

隠居がそう答えたから、のどか屋に笑いがわいた。

「鯛の中に納豆を塗ってあるんだな。香ばしくてうまいわ」

黒四組の用心棒が相好《そうごう》を崩した。

「細かく刻んでよく擂ったものを酒でのばして、背の中に塗りつけてから焼いておりますので」

　時吉が言った。

「さすがの手わざだな」

　味にうるさい万年同心がうなる。

　ほどなく、鯛飯も来た。

　もとは浜の漁師飯で、こんがりと焼いた鯛を醤油と塩などで味つけした飯の上で蒸らし、ほぐして取り分けて食す。飯の代わりにうどんなどでもうまい。

「潮汁《うしおじる》もできました」

　おちよが盆を運んできた。

「お代わりもあります」

　おけいが和す。

　旅籠の客を案内してきたおそめも宴に加わった。

「あんたたちにもね」

　おちよがそう言って、鯛のあらを猫たちに出してやった。

　みな大好物だから、競うようにはぐはぐと食べはじめる。

　そんな按配で宴は進んだ。

「さて」

頃合いを見て、黒四組のかしらが立ち上がった。

「おう、静かにしな」

よ組のかしらがにらみを利かせる。

若い衆はすぐさま口をつぐんで座り直した。

「酔っちまわねえうちに、預けるものを預けねえとな」

安東満三郎はそう言うと、ふところからやや芝居がかったしぐさで紫の袱紗に包んだものを取り出した。

「ひょっとして、それは……」

隠居が身を乗り出す。

「ひょっとしなくても……」

あんみつ隠密は袱紗を解き、中に入っていたものを取り出すと、見得《みえ》を切るようにかざしてみせた。

十手だ。

麗々しい朱房などは付されていない。房飾りはあるにはあるが、いたって小ぶりで茶色だ。

「二代続いたのどかの毛の色に合わせてみたんだ。ほかにはねえ色だぜ」

安東満三郎が言った。

「こりゃ、話に聞いてたのどか屋の十手ですかい」

竹一が訊いた。

「そうだよ、かしら。前から受けてくれねえかと言ってたんだが、このたびの親子の働きで、いよいよ押しつけることにしたってわけだ」

黒四組のかしらはいくらか戯れ言まじりに言った。

「そうかい、千坊も十手持ちかい」

梅次が白い歯を見せた。

「そりゃ凄えや」

「江戸の町方でいちばん若え十手持ちだろう」

よ組の若い衆がさえずる。

「いや、万年と一緒で、町方じゃねえからよ」

あんみつ隠密が手下を指さして言った。

「黒四組の十手持ちってことで」

万年同心が言った。

「では、謹《つつし》んでお預かりいたします」

時吉がていねいに手を拭いてから受け取った。

「これ、千吉、おまえもごあいさつを」

おちよがうなずいた。

「鯛茶の支度はおいらがやるから」

信吉が手を挙げた。

千吉もあわてて手を拭いてから出てきた。

「あるじにゃちょいと小ぶりだがよ。二代目にはちょうどいいだろう」

黒四組のかしらが言った。

「ありがたく存じます」

千吉は深々とおじぎをしてから受け取った。

「どうだ？」

父が問うた。

「思ったより重い」

せがれが答える。

「つとめの重みもあるからな」

「うん」

千吉は引き締まった表情でうなずいた。

「つとめって言ったたって、無理に励まなくったたっていいぞ。町方の十手持ちじゃねえんだから。いままでみてえに、勘ばたらきでおれらを助けてくれりゃいいんだ」

人使いのうまい安東満三郎が言った。

「黒四組は多士済々でござるな」

室口源左衛門が上機嫌で言った。

「勘ばたらきに韋駄天に剣豪が二人。おまけにかしらは右に出る者のねえ知恵者だ」

あんみつ隠密はしれっとおのれの頭を指さした。

「おのれで言ってりゃ世話ねえや」

よ組のかしらが忌憚《きたん》なく言ったから、のどか屋にまた和気が満ちた。

「その親子の十手はおちよさんも入ってるのかい？」

隠居がたずねた。

「そりゃ入ってるさ。いま入れた」

安東満三郎が笑って答えた。

「えっ、わたしも？」

おちよが驚いて手を胸にやる。

「もとはと言やあ、千坊の勘ばたらきはおっかさんゆずりだ。おかみも十手持ちのなかに入ってくんな」

あんみつ隠密は軽く言った。

「のどか屋の親子で一本だね」

隠居が指を一本立てた。

「なら、祝いの発句をつくらないと」

元締めが水を向ける。

「はは、隣から言われたか」

季川は苦笑いを浮かべたが、まんざらでもなさそうな顔つきだった。

「はい、鯛茶の支度ができました」

「いま土瓶をお持ちしますので」

おけいとおそめが盆を運ぶ。

茶碗が行きわたり、ほうぼうで鯛茶をかきこむ音が響きだしたころ、隠居がうなるような達筆で発句をしたためた。

　夏来《きた》るここに親子の十手かな

「ひねりがないが、『親子の十手』は入れたかったものでね」

　季川はそう言うと、女弟子のほうを手で示した。

「さあ、おちよさん、付けておくれ」

「よっ」

「待ってました」

　座敷から声が飛んだ。

「えー、わたしも入ってる十手だから……」

　おちよはあいまいな顔つきだったが、やがて肚《はら》を決めたように筆を執った。

　　房の飾りも猫の毛並みも

「同じ色で、手ざわりがよさそうだということだね」

　季川が弟子の付句を解説した。

「目の端にこの子が入ったもので」

おちよは二代目のどかを指さした。

「そう言えば、初代ののどかも勘ばたらきの鋭い猫でした」

時吉が思い返して言った。

「なら、親子だけじゃなくて、のどか屋の猫も十手持ちでいいや」

あんみつ隠密がそう言ったから、祝いの場にまたどっと笑いがわいた。

第八章　七夕《たなばた》の願い

一

紅葉屋のお登勢は、滞《とどこお》りなく浅草に家移りをした。

信兵衛がもつ長屋の一室で、お登勢は亡き夫の忘れがたみの丈助とともに暮らしはじめた。

「じゃあ、ちゃんと寺子屋へ行くんだよ」

出がけにお登勢は言った。

「うん」

丈助が答える。

長吉屋とのどか屋の常連でもある春田東明の寺子屋に通うことになった。近くの長屋から通っているわらべがいくたりかいて、一緒に行き帰りをしてくれるから安心だ。

「気をつけて行ってらっしゃい」

「はあい」

せがれを送り出すと、お登勢は長吉屋に向かった。

仲居の段取りはおおよそ呑みこめた。部屋がいろいろあるので初めのうちは「どこだったっけ」とうろうろすることもあったが、二日目からは頭に入った。

紅葉屋を長くやっていたおかげで、お客さんの相手をするのには慣れている。

「毎度ありがたく存じました」

「またのお越しをお待ちしております」

声はすらすらと出た。笑みも浮かぶ。

「おっ、新入りかい」

「はい。今月からお世話になっております」

「そうかい。慣れた感じじゃないか」

「品川で料理屋をやっていたものですから」

そんな調子で、客との会話も弾《はず》んだ。

ゆえあって見世をたたんでここで働くことになったと告げると、親身になって励ましてくれるお客さんもいた。

「そのうち、いい風も吹いてくるだろうよ」

「しばらくここで稼いで、またのれんを出せばいいさ」

そんな言葉と人の情が心にしみた。

長吉屋の客筋の良さにはほっとする思いだった。

のどか屋のあるじなどの働きで、ずいぶんと悩まされた地攻め屋もその黒幕も首尾よくお縄になったと聞いた。

それでも、まだ心の傷は残っていた。

のれんを開けて、あの片目の大男と手下が入ってくるような気がすることがしばしばあった。

時が経てば、傷は癒えるだろう。

品川の紅葉屋を手放さなければならなくなってしまったのは痛恨だが、のれんはある。秘伝のたれが詰まった壺も持ってきた。

「使って命を吹きこまないとな」

あるじの代わりの時吉はそう言って、鰻の蒲焼きを出すときは紅葉屋のたれを使ってくれた。たれを継ぎ足せば、また新たな命が吹きこまれる。

「蒲焼きがいっそううまくなったじゃないか」

「ずいぶんとこくがあるよ」

客の評判も上々だった。

そう言われた晩、お登勢は長屋に戻り、亡き父と夫の位牌に向かって手を合わせて必ず報告した。

「おいしいって言われたよ、紅葉屋のたれ」

そう告げると、どこからかふっとあたたかい風が吹きこんでくるような心地がした。

二

「なら、今日は一枚板の厨に入ってもらおう」

時吉が言った。

「わたしがですか？」

お登勢が驚いたように訊いた。

「若い者が風邪《かぜ》で休んでいるから、料理人の手が足りないんだ。包丁は持ってきてるんだろう？」

時吉が問う。

「ええ。料理の腕がなまらないように、そのうちまかないでもつくらせていただこうかと思って」

お登勢は答えた。

「味くらべに出たほどの腕前なんだから、わたしより達者なくらいだ」

時吉は笑みを浮かべた。

時吉のほかに、椀方頭の梅吉《うめきち》も一枚板の席の厨に入った。客と向かい合い、話をしながらつくりたてをお出ししなければならないから、華はあるが気の張るつとめだ。

ただし、お登勢の料理人としての初日は恵まれた。一枚板の席に陣取ったのは見知った顔だったからだ。

「おや、早くも板場かい？」

そう言いながら入ってきたのは、隠居の大橋季川だった。

「見世を間違えたかと思ったよ」

元締めの信兵衛が笑みを浮かべる。

「思いがけず、包丁を握らせていただいています」

鮮やかな山吹色の鉢巻きを締めた女料理人が言った。

「どうだい、落ち着いたかい？」

元締めが気遣って問うた。

「ええ。丈助もつれができて、喜んで寺子屋に通っています」

お登勢は笑顔で答えた。

「東明先生のところなら安心だね」

と、隠居。

「うちの千吉もお世話になりましたから」

時吉が白い歯を見せた。

「なら、自慢の腕をふるっておくれでないか」

隠居が温顔で言った。

「承知しました」

お登勢は気の入《はい》った表情で答えた。

そのうち、長吉屋の常連も来た。上野《うえの》黒門《くろもん》町《ちょう》の薬種問屋、鶴屋《つるや》のあるじの与兵衛《よへえ》とお付きの手代だ。

「はい、お待たせいたしました」

時吉とお登勢が手分けしてつくったのは、烏賊《いか》そうめんだった。

本物のそうめんに見立てて烏賊を細く切りそろえるのが料理人の腕の見せどころだが、お登勢がつくったものはなかなかの仕上がりだった。

「ただものではないね、あなた」

薬種問屋のあるじが言った。

「むかし、一緒に味くらべに出たことがあるほどで」

時吉が明かした。

「味くらべというと、江戸からえりすぐりの料理人を集めて競わせた催しかい？　むかし講で聞いたことがあるよ」

鶴屋の与兵衛は驚いた様子だった。

「ええ。縁あって出させていただきました」

お登勢は控えめに言った。

「それは大したものですね、旦那さま」

手代があるじに言う。

「そうだね。なら、奴豆腐をつくってくれるかな」

薬種問屋のあるじが言った。

「では、わたしも」

「わたしも。人が頼むと食べたくなるものでね」

隠居と元締めが続けざまに手を挙げた。

「ぎやまんの器を用意するから、好きなようにつくってくれ」

時吉はお登勢に言った。

「はい」

女料理人が答える。

椀方の梅吉も腕をふるっていた。いまつくっているのは鯛の煮おろしだ。鯛の切り身に片栗粉をはたいて揚げ、油を切っておく。だし汁にたっぷりの大根おろしと唐辛《とうがら》子《し》を加え、味醂と醤油で味を調える。これが煮立ったところで鯛を入れ、器に盛っておろしをかければ出来上がりだ。

手間のかかる料理だから、奴豆腐のほうが先に仕上がった。

「お待たせいたしました」

ぎやまんの器に盛ったものを、お登勢はうやうやしく差し出した。

「こりゃあ涼しげだね」

隠居の眉がやんわりと下がった。

「茗荷に生姜に貝割菜。それに、削り節。薬味もきれいに盛り付けてあるよ」

元締めがさっそく箸を伸ばした。

薬種問屋のあるじも奴豆腐に箸を伸ばし、だし醬油につけてから口中《こうちゅう》に投じた。

「うん、おいしいね」

おのれの舌に自信ありげな鶴屋のあるじが言った。

「さっぱりしていておいしゅうございます」

若い手代の顔がほころぶ。

「こういう単純な料理はごまかしが利かないからね。筋の良さがよく表れているよ」

与兵衛がほめた。

「ありがたく存じます」

お登勢はやや上気した顔で頭を下げた。

ほどなく、鯛の煮おろしができた。

「こういう手間を重ねたひと品も料理の醍醐味《だいごみ》だね」

隠居が言った。

「料理ってのは奥が深いものですな」

元締めが和す。

「一生、ずっと学びですから」

時吉が言う。

その言葉を聞いて、お登勢が小さくうなずいた。

三

「悪者やってよ、升ちゃん」

大松屋の跡取り息子の升造に向かって、千吉が言った。

その手には真新しい十手が握られていた。

のどか屋の短い中休みだ。

これから両国橋の西詰へ呼び込みに行く竹馬《ちくば》の友を捕まえ、捕り物ごっこを始めようとしたところだ。

「えー、おいらが悪者？」

升造は不満そうだ。

「だって、わたしが十手持ちだから」

千吉は得意げに十手をかざした。

初めは尻込みをしていたが、いざ十手がのどか屋に来てみると、うれしくて仕方がないらしい。

「たたいたりしない？」

升造は及び腰だ。

「しないよ。稽古するだけだから」

千吉がまた十手をかざす。

「なら、ちょっとだけだよ」

升造は不承不承《ふしょうぶしょう》に言った。

「うん」

千吉は一つうなずくと、芝居がかったしぐさで十手を振り上げた。

「待て、悪者。この千吉親分が捕まえてやるぞ」

「わあっ」

升造が逃げる。

「待て待てっ」

千吉が追う。

その声を聞いて、座敷で休んでいたおちよが目を覚ました。

表へ出てみると、目を疑った。

千吉が十手をかざし、大松屋の升造を追いかけまわしているではないか。

「ちょっと、何やってるの、千吉」

おちよは声を張りあげた。

千吉は動きを止めた。

「十手を使う稽古だよ」

母に向かって言う。

「十手はおもちゃじゃないのよ。軽々しく使っちゃいけません」

おちよは強くたしなめた。

「おいら、呼び込みに行かないと」

升造が言った。

「ああ、ごめんなさいね、升ちゃん」

おちよは笑みを浮かべた。

「ごめんね」

千吉も謝る。

「うん、いいや」

大松屋の跡取り息子は笑みを浮かべると、両国橋の西詰のほうへ走っていった。

「戻りなさい、千吉」

おちよはなおも厳しい口調で言った。

のどか屋の中に入ると、おちよはさらに説教を続けた。

「十手の重みというものを考えなさい。あんみつさんの黒四組だけど、お上《かみ》からお預かりした十手でしょう？　それを遊びに使うなんて、もってのほか」

「うん、でも、使う稽古をしなきゃって思って……」

しゅんとした顔で、千吉は答えた。

「何に使うの？」

おちよが問い詰める。

旅籠の掃除から戻ってきたおけいとおそめが案じ顔で見守る。

「悪者をこれで捕まえる稽古を……」

千吉の声が小さくなった。

「そんなこと、千ちゃんがやらなくたっていいから」

おけいが言った。

「そうそう。お父さんに任せておけばいいと思う」

おそめも言う。

「それは親子の十手でしょ？」

おちよはいくらか口調をやわらげた。

うん、と千吉がうなずく。

「だったら、もし捕り物になってもあんたが使うことはないはず。御用聞きみたいな真似はやめなさい」

おちよはそうクギを刺した。

「あんまり調子に乗ったらいけねえべ」

兄弟子の信吉が、料理の仕込みをしながら言った。

「うん」

千吉は素直にまたうなずいた。

「じゃあ、分かったら十手を神棚に戻して、仕込みを手伝いなさい」

おちよはやっと笑みを浮かべた。

四

次の午の日――。

千吉をたしなめた話は、おちよから時吉にも伝えられた。

「二度とそんなことをするんじゃないぞ」

時吉も小言《こごと》を言った。

「うん、もう分かった」

千吉は殊勝《しゅしょう》に答えた。

「あれは魔除けに飾ってあると思え」

時吉は神棚の十手を指さした。

「黒四組の十手なんだから、あんみつさんからお声がかかったときだけおとうが使えばいいの」

おちよが念を押すように言う。

「勘違いをしちゃいけない。十手を預かったとはいえ、おれもおまえも偉くなったわけじゃないんだ。そんな料簡だと、料理の皿まで上から出てしまうぞ」

時吉はそうたしなめた。

「はい。下からちゃんとお出しします」

千吉は身ぶりをまじえて答えた。

その日の二幕目は、隠居と元締めに加えて、春田東明も姿を見せてくれた。座敷には岩本町の御神酒徳利と、宿直《とのい》の弁当を受け取りに来た大和梨川《やまとなしがわ》藩の勤番の武士たちが陣取ったからにぎやかだ。

「もうさんざん説教したので、蒸し返すつもりはないのですが」

時吉はそう前置きしてから、千吉の一件をおもに春田東明に伝えた。

「もう分かったわね？」

おちよが言う。

「うん、もうしないから」

千吉はあいまいな表情で答えた。

「千吉さんは、一度しくじったら二度としないので」

春田東明が笑みを浮かべた。

「ちょっと舞い上がっちゃったんだね」

元締めが温顔で言う。

「そりゃ無理もないよ」

隠居も和す。

「おいらが十手を持ったら、番台でしょっちゅう見せびらかしてら」

湯屋のあるじが身ぶりをまじえた。

「どっちかって言やあ、旦那は捕まるほうだから」

野菜の棒手振りが言う。

「おめえ、人のことは言えねえだろ」

寅次が言い返した。

「それにしても、ほまれですね、親子で十手を託されるとは」

背筋の伸びた容子《ようす》のいい武家がそう言って、猪口の酒を呑み干した。

「えらいもんや、ほんまに」

度の強い眼鏡をかけた隣の武家は、山芋のいり出しに箸を伸ばした。

背の高いほうが剣術の達人の杉山勝之進《すぎやまかつのしん》、低いほうが囲碁の名手の寺前文次郎《てらまえぶんじろう》。どことなくでこぼこした大和梨川藩の二人は、時吉がかつて禄《ろく》を食《は》んでいたよしみでいまも弁当を頼みに来てくれている。

「増上慢《ぞうじょうまん》に陥らないようにしませんと」

時吉はおのれを戒めた。

「失意泰然《しついたいぜん》、得意淡然《とくいたんぜん》という言葉があります」

春田東明がそう言って、同じく山芋のいり出しを口に運んだ。

拍子木切りにした山芋を一時《いっとき》（約二時間）ほど酢水につけてあくを抜く。水気を取ってからこれを揚げ、塩を振ると、恰好《かっこう》の酒の肴になる。山芋は昼の膳で麦とろ飯にして好評だった。

「おおよそは分かるね」

隣で隠居が笑みを浮かべた。

「物事がうまくいかないときは、どっしりと構えて泰然としている。逆に、調子がいいときは、決しておごらず、つつましく淡然としているという教えです」

諸学に通じた学者が言った。

「なるほど、淡然が足りなかったんだね」

元締めが言った。

「それじゃ風邪をひいちまう」

湯屋のあるじが言った。

「そいつぁ、着るほうの丹前《たんぜん》でしょうに」

富八がすかさず言ったから、のどか屋に笑いがわいた。

話はひとまずそこで終わり、次々に料理が出た。

まずは海老の煮浸しだ。

才巻《さいまき》海老をだしと味醂と薄口醤油でじっくりと煮含め、「福」と刻まれた平皿にたんと盛ってお出しする。

「こりゃ華やかだね」

「いい色合いです」

隠居と寺子屋の師匠が言った。

「あっ、福が出た」

「こら、縁起がええわ」

勤番の武士たちが笑みを浮かべる。

「次もおめでたい縁起物で」

時吉が言った。

「おっ、鯛か？」

寅次が身を乗り出した。

「いませがれにつくらせますので」

時吉はあえて答えを言わなかった。

千吉が手にしたのは、意外にも茄子《なす》だった。

四つに割り、縦に切り込みを入れていく。一寸ほど残してうまく切ると、きれいな扇形に開いた。

「なるほど、末広がりだね」

隠居が言った。

「はい。それを天麩羅《てんぷら》にします」

と、千吉。

「そのあと、甘藷《かんしょ》も揚げますので」

信吉が言った。

「それも末広がりかい？」

富八が問うた。

「いや、そりゃちょっと」

「硬いものは無理なので」

二人の若い料理人が答えた。

揚げ物ができるまでのあいだ、一枚板の席では紅葉屋のお登勢と丈助の話になった。

「丈助さんは寺子屋でまじめに学んでいますよ」

師匠である春田東明が言った。

「そりゃあ何よりだね。いずれ時さんの弟子にするんだろう？」

隠居がたずねた。

「ええ。師匠が帰ってきたら相談してみますが」

時吉は答えた。

「無事に帰ってくるといいんだけどねえ、おとっつぁん」

おちよが案じ顔になる。

六月の晦日《みそか》で江戸十里四方所払いの罰が解かれるから、それに合わせて江戸に戻るのではと期待しているのだが、これぱかりは分からない。

「お登勢さんも板場に立って気張っているからね」

隠居が言う。

「仲居と両方ですか？」

おけいがたずねた。

「そう。人手が足りないほうを助けているんだ。おかげで、みなに重宝がられているよ」

隠居は目を細めた。

「はい、揚がりました。末広がりの茄子でございます」

千吉がいい声で告げた。

「いまお運びしますので」

おちよが座敷に言った。

同じ天麩羅でも、茄子は天つゆ、甘藷は塩で食す。ちょうどいい加減に揚がった天麩羅は大の好評だった。

「こりゃあ、天麩羅屋だけでもいけるな」

湯屋のあるじがうなる。

「茄子がうめえ」

富八がいつものように野菜をほめた。

甘藷の天麩羅があらかたなくなった頃合いに、時吉が手を動かしていた宿直弁当ができあがった。こちらには小鯛の焼き物なども入っている。身の養いになり、華と彩りもそれなりにある弁当だ。

「ほな、いただいていきます」

「みな楽しみにしているので」

大和梨川藩の勤番の武士たちが白い歯を見せた。

「毎度ありがたく存じます」

おちよが頭を下げた。

「ありがたく存じましたー」

すっかり元気になった千吉がいい声を響かせた。

五

七月になったが、長吉屋ののれんをあるじの長吉がくぐることはなかった。

もしかすると、一日にもう帰ってくるのではなかろうか。

そんな期待があっただけに、長吉屋を覆う気はそこはかとなく重かった。

そんな二幕目――。

隠居の季川がふらりとのれんをくぐってきた。先客は薬種問屋鶴屋のあるじの与兵衛とお付きの手代だ。

「やっぱり帰ってきていないか」

隠居はそう言って腰を下ろした。

「毎日やきもきしても仕方ありませんから」

厨から時吉が言った。

「どこぞで川止めを食っているのかもしれませんから」

鶴屋の与兵衛が言う。

「そうだね。待つしかないから」

隠居はおのれに言い聞かせるように言った。

奥のほうからにぎやかな声が聞こえてきた。今日は祝いごとが入っている。そちらのほうの料理は、奥の厨で脇板の捨吉が仕切っていた。初めのうち、時吉が指南役で入ったのがいささか面白くなさそうな顔つきだったが、その後はさしたる波風も立たず、坦々とつとめをこなしている。

「お登勢さんはお運びのほうかい?」

隠居がたずねた。

「ええ。祝いごとの料理があらかた終われば、厨に入ってもらう段取りで」

時吉は答えた。

「ぜひお登勢さんの料理を味わいたいものだね」

与兵衛が言った。

「旦那さまには企みがありますから」

手代が言う。

「これ、余計なことはお言いでないよ」

あるじがすかさずたしなめる。

「すみません」

手代はすぐさま頭を下げた。

おもに奥の厨でつくっているとはいえ、一枚板の席の時吉と若い者も祝いごとの料理を手伝っていた。その合間に、一枚板の客の料理もつくらなければならないから、なかなかに忙しい。

「焼き鯛二尾あがったよ」

時吉が声を張り上げると、ややあってはたはたと足音が響き、双子の姉妹が姿を現した。

武州の草加《そうか》から働きに来ているおみかとおちかだ。

「お願いします」

「はいっ」

さすがに双子で、声も動きも見事にそろう。

「手が回るなら、お登勢にこっちの厨にと」

時吉は言った。

「はいっ」

「承知しました」

双子の姉妹は焼き鯛の大皿を大事そうに持って出ていった。

ややあって、お登勢が戻ってきた。

「お待たせいたしました」

ていねいに一礼してから厨に入る。

代わりに、時吉に命じられて若い料理人が奥の厨に移った。

「では、岩魚の魚田はできるか？」

時吉はお登勢にたずねた。

「はい、つくったことがあります。父の得意料理でしたので」

お登勢は自信ありげに答えた。

「ほう、それは頼もしいね」

鶴屋のあるじが笑みを浮かべた。

合わせ味噌をつくって岩魚の腹に塗りこみ、うねるような串を打って香ばしく焼く。

これも単純だが奥の深い料理だ。

焼きあがるまでに、隠居と与兵衛の話が弾んだ。

与兵衛は来年、跡取り息子にのれんを譲って隠居する腹づもりらしい。

「隠居と言っても、得意先廻りはいままでどおりやることになるでしょうが」

与兵衛が言った。

「いままで培《つちか》ってきた顔というものがあるからね」

隠居が言う。

鶴屋の毒消散《どくしょうさん》は江戸じゅうに名が響いている。差し込みが起きたり、腹を下《くだ》したりしたときには、何はともあれ毒消散と言われているほどだ。

「そうなんです。なかなか楽隠居というわけにいきそうにありません」

与兵衛は苦笑いを浮かべた。

「でも、企みがあるじゃないですか、旦那さま」

「それはまだ早いから」

「はい」

手代はまた引き下がった。

魚田が焼きあがった。

串を抜き、わずかに青みのある皿に乗せて供される。

「お待たせいたしました。岩魚の魚田でございます」

お登勢の皿はちゃんと下から出ていた。

「おお、これはうまいね」

与兵衛が感に堪えたように言った。

「味噌の焼け具合も絶品だね」

隠居も和す。

「ありがたく存じます」

お登勢が一礼した。

「どうだい、おまえは」

鶴屋のあるじが手代に問うた。

はふはふと魚田を食していた手代は、やがて胃の腑に落としてから答えた。

「旦那さまのお付きで、手前は幸せでございます」

涙までためて手代がそう言ったから、長吉屋の一枚板の席に和気が漂った。

六

「明日は七夕ね」

おちよが千吉に言った。

「じゃあ、短冊を書かなきゃ」

千吉はすぐさま言った。

「願いごとは決まってる？」

母はたずねた。

「うん」

思うところありげな顔で、千吉は答えた。

「なら、笹竹はもう用意してあるから、明日みんなで書いた短冊を吊しましょう」

浅草への帰り支度を済ませたおけいとおそめに向かって、おちよは言った。

「朝のうちに書けばいいですか？」

おけいがたずねた。

「いいわよ。今晩書いて持ってきてくれてもいいし」

おちよが答える。

「じゃあ、わたしはそうします」

おそめは笑みを浮かべた。

そんな按配で、翌日の中休み、それぞれの願いごとをしたためた短冊を吊した笹竹が物干し場に立つことになった。

「あら、おまえたちもついてくるの？」

ひょこひょことついてきた小太郎としょうに向かって、おちよが言った。

「この子らはこれが目当てだから」

千吉が物干し場に干してある干物を指さした。

猫が跳んでも届かないところに、周到に干物を干してある。それでもどうにかして取ろうとするから、のどか屋の猫たちはみなよく身が締まっていた。

「じゃあ、立てましょう」

おちよが笹竹を持った。

上々の天気で、風も強くない。紐で笹竹を結わえつけると、それぞれの短冊が風に心地よく揺れた。

記されている願いごとはそれぞれだった。

福が来ますやうに　けい

おけいの短冊はそう書かれていた。

おそめは大方の予想どおりだった、

ことしこそややこを　そめ

おそめはこのところ毎年同じ願いごとをしている。「ことしこそ」に力がこもっていた。

「千吉のと重なっちゃったね」

おちよが言った。

「うん、一緒」

千吉がまずおちよの短冊を指さした。

父長吉がぶじ江戸へもどりますやうに　ちよ

今年の願いごとはそれしかない。

千吉の短冊には、こう記されていた。

大師匠がかへつてきますやうに　千吉

「きっと帰ってくるわよ」

半ばはおのれに言い聞かせるように、おちよは言った。

「うん、帰ってくるよ」

千吉は力強く言った。

第九章　江戸の土

一

「おーい、早くしてくんな」

職人衆の一人が待ちきれないとばかりに声をあげた。

「まだこれから冷やすんですけど」

千吉が答える。

「それが待ってられねえんだ」

「べつに熱くたっていいからよ」

「釜揚げうどんでいいぜ」

客は口々に言った。

今日ののどか屋の昼の膳は、ざるうどんと焼き茄子だ。これに切り干し大根の煮付けなどの小鉢がつく。

ざるうどんは暑気払いになるが、井戸水で冷やす手間がかかる。焼き茄子も火を通さねばならないからどうかとおちよは案じていたのだが、果たして冷やすほうが追いつかなくなってきた。

「相済みません。では、ゆでたてで。その分、多めに盛らせていただいていますので」

本当は同じ量なのだが、おちよは方便《ほうべん》で言った。

「おう、それで勘弁してやらあ」

「夏はあったけえものを食って汗かいたほうがかえっていいんだよ」

「うどんはよく打ててるじゃねえか」

「焼き茄子もうめえ」

気のいい職人衆は膳が来ると機嫌を直した。

しかし、なかには文句を言う客もいた。

「おいら、猫舌なんで。冷てえざるうどんだと思って来てやったのによう」

「おれもざるしか食わねえんだ。こりゃ値引きだな」

因縁まがいの難癖をつける客もいたが、もとをただせばのどか屋のほうに非がある。

おちよも厨の千吉と信吉も平謝りだった。

そんなわけで、のどか屋の中休みには重苦しい気が漂った。

「ちょっと手が動かなかったわね」

おちよが言った。

「力足らずで」

千吉が肩を落とす。

「面目ねえこって」

信吉も見るからにしょげていた。

「まあ、落ちこんでても仕方がないわ。まだ二幕目があるんだから」

と、おちよ。

「そうよ。気を取り直していきましょ」

おけいも励ました。

「明日はきっとうまくいくから」

おそめも言う。

「にゃあ」

二代目のどかまで何か伝えたそうにないた。
「うーみゃ」
ゆきも妙な声でなく。
「どうしたの？」
おちよが猫たちにたずねた。
二匹の猫が競うように表へ走っていく。
そのさまを見たとき、おちよの心の臓がきやりとした。
勘が働いたのだ。
もしや……。
おちよは急いで表へ出た。
「どうしました？　おかみさん」
おけいも続く。
千吉もあわてて手を拭いて後を追った。
通りの向こうから、一挺の駕籠が近づいてきた。
えっ、ほっ……。
えっ、ほっ……。

先棒と後棒が息を合わせて駕籠を運ぶ。

その駕籠は、のどか屋からいくらか離れたところに止まった。

ほどなく、中から客が姿を現した。

「おとっつぁん！」

おちよが精一杯の声をあげた。

「大師匠！」

千吉も叫ぶ。

駕籠から現れたのは、間違いなく長吉だった。

二

「おう」

長吉は右手を挙げた。

ちょいといま浅草から来たという風情《ふぜい》だ。

「おう、じゃないわよ、おとっつぁん、どれだけ心配を……」

おちよの言葉がそこで途切れた。

本当に帰ってきた父の姿を見て、思わず感極まってしまったのだ。

千吉も泣いていた。

着物の袖を目に当てて嗚咽《おえつ》にむせんでいる。

「すまねえな」

長吉は情のこもった声で言った。

「もうちょっと早く帰るつもりだったんだが、大井川《おおいがわ》で川止めがあってよ」

帰ってきた料理人はそう言うと、荷をおけいに預けた。

「お帰りなさいまし」

信吉が笑顔であいさつした。

「おっ、ちゃんとやってたかい」

長吉が弟子に言う。

「へえ、なんとか」

信吉が答えた。

「気張ってやってくれてたわよ」

おちよはそう言って目尻に指をやった。

「千吉も大変だったな」

長吉が労をねぎらう。

「しくじりながら覚えてますんで」

千吉が包み隠さず言った。

「今日のおうどん、まだ余ってるんだけど、食べる？」

おちよがたずねた。

「おう、ならもらうぜ」

長吉はそう言って、小上がりの座敷に腰を下ろした。

「おめえらも欠けねえでやってたか」

先客の猫たちに言う。

「ええ、みんな達者で」

と、おちよ。

「そりゃ何よりだ」

長吉はそう言うと、背に負うていた嚢《ふくろ》を下ろした。

「土産は軽いもんしか買ってこなかった。荷が重くなるからな」

長吉は嚢を開き、中からこまごましたものを取り出した。

「御守り？」

おちよが問う。

「おう、ほうぼうの寺や神社を回ってたからな。無病息災、大願成就、まあそういった御守りばっかりだ。みなで分けてくんな」

長吉はいくつかの御守りを畳の上に広げた。

「まあ、ありがとう」

おちよが言った。

「御利益がありそう」

千吉の瞳が輝く。

「札所巡りの結願《けちがん》の谷汲寺《たにぐみでら》や熱田《あつた》神宮、いろいろあるから好きなものを選びな」

長吉はそう言うと、おそめが運んできた湯呑みのお茶をうまそうに啜った。

「帰《けえ》ってきたな」

しみじみと言う。

「やっぱり江戸はいいでしょう」

と、おちよ。

「ああ、ほうぼうでありがてえ仏様を拝んできたが、当たり前の江戸の景色にまさるものはねえや」

古参の料理人がさらにお茶を啜る。

「のどか屋がいちばんですよね、大師匠」

うどん膳をつくりながら、千吉が言った。

「ああ、長吉屋とのどか屋の夢はなんべんも見た。時吉は達者にやってるか」

長吉はおちよに問うた。

「行ったり来たりしながら、達者にやってるわよ」

おちよは笑みを浮かべた。

膳ができた。

「どっちが打ったんだ？　このうどん」

長吉が訊く。

「二人でこねて、わたしが切りました」

千吉が手を挙げた。

「切りはこいつのほうがうめえんで」

兄弟子が言う。

「そうかい。なら、いただくぜ」

長吉は箸を執った。

みなが見守るなか、長吉はざるうどんをつゆにつけて啜った。こちらはちゃんと井戸水で冷やしたうどんだ。

刻み葱を添え、さらに啜る。

「なんでえ、見世物じゃねえぞ」

長吉は笑みを浮かべた。

「何を言われるか心配なのよ」

おちよが若い料理人たちを手で示した。

「おう、こしが残っててうめえじゃねえか。ゆで加減もちょうどいい。麺のそろい方もまあまあだ」

長吉はそう言うと、また箸を動かした。

千吉と信吉がほっとした顔つきになる。

「焼き茄子も食べてあげてね」

と、おちよ。

「ああ、分かってら」

長吉は少し間を置いてから茄子に箸を伸ばした。

「うん、これも江戸の味だな」

半年ぶりに帰ってきた男は、そう言って一つ息をついた。

「これからは、ずっと江戸の味を食べられるわよ、おとっつぁん」

おちよが笑みを浮かべた。

「つくるほうも」

千吉が言う。

「そうそう。お客さんはおとっつぁんの料理を待ってるんだから」

おちよも和す。

「そりゃまあ、浅草へ帰って時吉とも相談してからだな」

長吉はそう言うと、思い出したように茶の残りを啜った。

「……ん？　ありゃ何だ」

長吉が神棚に置かれているものに気づいて指さした。

「何だと思う？」

おちよが謎をかけるように問うた。

「ありゃあ、十手か？」

長吉が問うた。

「そのとおり。親子の十手がのどか屋に来たの」

千吉が勇んで答えた。

「いったいどういうことだ」

長吉は座り直した。

千吉とおちよは、地攻め屋とその黒幕をお縄にしたいきさつと、黒四組から十手を預かったことをかいつまんで伝えた。

茶から冷や酒に変えた長吉は、折にふれて問いを発しながら聞いていた。

「驚いたねえ、そいつは。千吉が十手持ちになったとは」

長吉は孫の顔を見た。

「調子に乗りすぎて叱られちゃったけどね」

「その話はもういいから」

千吉はあわてて母をさえぎった。

「そうそう。その地攻め屋のからみで、昔の味くらべで縁があった紅葉屋のお登勢ちゃんがいま長吉屋で働いてるの。料理人と仲居さんの両方で」

おちよは告げた。

「女料理人か？」

長吉が問う。

「そう。なかなかの腕前だって」

おちよは笑みを浮かべた。

「たった半年だが、なんだか今浦島みてえな気分だな」

長吉がそう言ったとき、表で人の気配がした。

ほどなくのどか屋に入ってきて驚きの目を瞠ったのは、隠居の季川と元締めの信兵衛だった。

三

「肩の荷が下りたねえ、おちよさん」

一枚板の席に陣取った隠居が言った。

長吉もそちらへ移り、三人が並んで呑みはじめたところだ。

「ええ、もう、力が脱けちゃったみたいで」

おちよが肩に手をやった。

「すまねえな。これからは短気を起こさずにやるからよ」

長吉はそう言って、千吉がつくった蛸の小倉煮《おぐらに》を口中に投じた。

蛸はさまざまな料理になるが、小豆《あずき》を使ってゆで蛸の足を甘く煮た小倉煮は珍しい。

「おう、いい按配だぜ」

孫をほめる。

「ありがたく存じます」

千吉が頭を下げた。

「蛸は酢の物と天麩羅もつくってますんで」

信吉が言った。

「おう、どんどん出してくんな」

長吉は身ぶりをまじえた。

「で、『これからは短気を起こさずにやる』ってことは、長吉屋を続けるわけかい？」

隠居がたずねた。

長吉はすぐ答えず、冷や酒を少しあおった。

みな固唾を呑んで次の言葉を待つ。

「札所廻りをしているうちに思うところがありましてね」

長吉はやっと口を開いた。

「と言うと？」

隠居が先をうながす。

「どの寺にも、ありがたい仏様がおわして、お参りする人たちがいる。それにまじって手を合わせているうちに、おのれのことやつとめのことをいろいろと考えるようになったんで」

長吉は落ち着いた口調で言った。

「札所巡りはそういう気にさせるかもしれないね」

隠居が温顔で言う。

「おのれよりはるかに古い寺に詣でているわけだから」

元締めも言った。

「そのとおりで」

長吉は一つうなずいてから続けた。

「弟子を若くして死なせちまったり、お上から江戸十里四方所払いの刑を食らったり、いろいろと心がなえることがあったんで、もう長吉屋は娘婿の時吉にゆずって、包丁も捨てちまおうかとひと頃は思ってたんでさ」

「それが、札所巡りで考えが変わったと?」

おちよがたずねた。

「おれの命があとどれだけ続くかは分からねえが、幸いまだ体も動くし手も動く」

長吉は手を軽くかざしてみせた。

「それなら、おのれのつとめをやれるとこまでやらなきゃと思うようになったんだ。何と言うか……」

長吉はしばし言葉を探してから続けた。

「おれらはみな仏様に生かされている。せっかくもらった命で、体も動くのに、包丁を捨てるなんていう料簡はねえだろうと思ったわけだ」

「いいね、おとっつぁん」

おちよが掛け声をかけるように言った。

「なら、いままでどおり？」

千吉の瞳が輝く。

「おう、料理もつくれば、弟子だって取ってやるぜ」

長吉は笑って答えた。

「それでこそ長さんだよ」

隠居も笑顔になった。

「ひと頃は気落ちして弱気だったがね」

元締めも言う。

「かえって良かったのかも、お咎めを受けて」

おちよがしみじみと言った。

「そうかもしれねえ」

長吉はまた酒を少し啜った。

「なら、師匠はここへまた？」

千吉が指を下に向けた。

「そりゃ、ここは時吉の見世だからな。うちで指南役はしてもらうが」

長吉は笑って答えた。

「なら、いまは午の日だけ戻ってくるけど、これまでどおり午の日だけおとっつぁんの見世の指南役に行くわけね」

おちよの声が弾む。

「おう、そのとおりだ」

長吉はすぐさま答えた。

旅の途中で行き倒れているのではないかと案じていたのだが、ほうぼうをおのれの足で旅したおかげでかえって顔色が良くなっていた。

「おいらは戻るんですかい？」

信吉がおのれの胸を指さした。

「もちろんだ。また三人組で長屋で暮らしな」

長吉が言った。

「そりゃ、寅が喜ぶぞ」

信吉はいちばん年下の寅吉のことを思って言った。

「わたしも修業に？」

今度は千吉が問うた。

「そりゃそうさ。おめえの歳と腕でのれん分けってわけにゃいかねえじゃねえか」

長吉がすぐさま答えた。

「おまえはいずれこの見世を継ぐんだから、しっかり修業しておいで」

おちよが言う。

「そのうち、似たような旅籠付きの料理屋をという話になったら、そこの厨を受け持ってもらうかもしれないがね」

元締めがそんな絵図面を示した。

「ほんとですか？」

千吉が乗り気で訊く。

「先の話だろう？　元締め」

長吉が言った。

「もちろんで。いますぐってわけにはいきませんや」

信兵衛は答えた。

「なら、いまのところの腕前を見せてくんな」

長吉は孫に言った。

「承知で」

引き締まった表情で答えると、千吉は料理を仕上げて出した。

鰯《いわし》の生姜煮だ。

癖のある魚をまろやかな味にするために、まず酢を加えた水でやわらかく下茹でする。それから茹で汁を捨て、改めて酒と水で煮て、味醂と砂糖と水飴を加えてことことと煮る。仕上げに濃口醤油とたまり醤油、さらにたっぷりの針生姜を加えてさらに煮詰め、煮汁が少なくなったら冷まして味を含ませる。段取りが多くて手間のかかる料理だが、こうしてやれば鰯の癖が抜けて、美味だけが残る。

「お待たせいたしました」

千吉は皿を下から出した。

「おう」

さっそく長吉が舌だめしをする。

隠居と元締めにも同じ料理が出された。

「これはちょうどいいんじゃないかねえ」

隠居が言った。

「うん、おいしいよ」

元締めもうなずく。

「いや」

長吉だけは首を横に振った。

「ちょいと出すのが早すぎるな。終《しま》いの煮汁がしみていくまで、もうちょっと待つのが勘どころだ」

長吉はそう教えた。

「承知しました」

千吉は殊勝に答えた。

「そうやって、あと何年かは学びね」

おちよが言う。

「気張ってやんな。おれが知ってることはみんな教えてやるからよ」

江戸へ帰ってきた古参の料理人が言う。

「よしなにお願いいたします」

「気張ってやりますんで」

千吉と信吉が頭を下げた。

「頼むぜ」

長吉は味のある笑みを浮かべた。

四

「なら、わたしもついていくから、あとをお願いね、千吉」

おちよが言った。

「行ってらっしゃい」

千吉が声をかけた。

浅草へ帰る長吉とともに、隠居と元締めも早めに帰ることになった。まだ泊まり客が来るかもしれないから、おけいとおそめに夕方まで残ってもらえばいい。

「江戸の土は踏みごたえがあるな」

ゆっくりと歩きながら、長吉が言った。

「どこの土も同じでしょうに」

と、おちよ。

「いや、町と人の暮らしの重みが土にかかってるんだ」

左右の町並みを感慨深げにながめながら、長吉は言った。

そのうち、知り合いにばったり出会った。

よ組の火消し衆だ。

「おお、無事帰ってきなすったんで」

かしらの竹一が驚きの声をあげた。

「半年のおつとめが終わりましてな」

長吉が言う。

「そりゃあ何よりで」

纏持ちの梅次が白い歯を見せた。

「また長吉屋をやりますんで、浅草にもお運びくださいまし」

長吉は如才なく言った。

しばらく立ち話をしてから火消し衆と別れ、さらに歩いていると、今度は釘売りに身をやつした幽霊同心に出会った。

万年平之助だ。

「ちゃんと足はありますな」

万年同心は長吉の足元を見て言った。

「旦那に言われたかねえよ」

長吉は苦笑いを浮かべた。

「のどか屋の十手は見ましたかい」

万年同心がたずねた。

「いつのまにか大変《てえへん》なものを預かるようになっちまって」

長吉はいくらか腰を低くして答えた。

「かしらに伝えておくんで、またそっちにも顔を出しましょう」

「お待ちしております」

そんな按配で、長吉が江戸へ帰ってきたことは人から人へとだんだんに伝わっていった。

浅草の福井町に差しかかったところで、長吉が胸に手をやった。

「妙なもんだな」

「どうしたの？」

おちよが問う。

「おのれの見世へ帰《けえ》るだけなのに、心の臓がきやきやしてきやがった」

長吉が答える。

「みな喜んでくれるよ、長さん」

隠居があたたかい声音で言った。

「もうどこへも行かなくてもいいからね」

元締めも和す。

ほどなく、一行は角を曲がった。

「ああ」

長吉は短い息をついた。

なつかしいのれんが見えたのだ。

五

「お待たせいたしました」

時吉が一枚板の席に料理を出した。

「これはいい焼き色がついているね」

そう言って皿をのぞきこんだのは、鶴屋のあるじの与兵衛だった。

今日も手代が付き従っている。一枚板の席には、長吉屋の常連があと二人陣取っていた。乾物屋の隠居と町の顔役だ。

「焼いた金串を押し当てると、鯵の臭みが取れて、見た目も美しくなりますので」

鯵の焼き霜造りを出した時吉が説明した。

そのかたわらで、お登勢がうなずいた。

鶴屋与兵衛の望みで、さきほどからこちらの厨に入っている。

「なるほど、そのとおりだね」

土佐醬油につけて食してみた与兵衛が言った。

そのとき……。

表でいささか面妖な声が響いた。

おかえりー……

謡《うたい》のような妙な節回しの声には聞き憶えがあった。

おちよだ。

時吉はのれんのほうを見た。

そののれんがふっと開き、師の顔が現れた。

「師匠！」

時吉は包丁を置いた。

「いま帰《けえ》った」

長吉は渋い笑みを浮かべて言った。

そのうしろから、おちよと隠居と元締めが入ってきた。

「お帰りなさいまし」

時吉が一礼した。

ちょうど仲居頭が来た。長吉の顔を見ると、顔に驚きの色がぱっと広がった。

「みなに伝えてくれ」

時吉は言った。

「はい」

仲居頭はすぐさま奥へ向かった。

「ちょいと詰めましょう」

鶴屋のあるじが座り直した。

「手前は外で待っております、旦那さま」

手代が心得て席を立った。

「すまないね」

与兵衛がひと声かける。

「今日だけは客で」

長吉はそう言って、隠居と元締めとともに一枚板の席に腰を下ろした。

「おまえさんが話に聞いてた女料理人かい？」

長吉はお登勢に声をかけた。

「はい。登勢と申します。よしなにお願いいたします」

お登勢はやや硬い顔つきで頭を下げた。

「気張ってやんな」

長吉は笑みを浮かべて言った。

奥からあわただしく弟子たちが現れた。

「お帰りなさいまし」

「無事のお戻りで何よりです」

「またよろしゅうお願いいたします」

脇板の捨吉を筆頭に、椀方、煮方、焼き方、それに追い回しの若い者も次々に顔を見せて、帰ってきた師匠にあいさつした。

「お帰りなさいまし」

「ほんに良うございました」

仲居衆も続く。

「おう、世話をかけたな」

「達者そうじゃねえか」

「またよろしゅうにな」

その一人一人に、長吉はていねいに言葉を返していた。

「また長吉屋をやるって、おとっつぁん」

おちよは立ったまま、時吉に告げた。

「本当ですか」

時吉が長吉に訊いた。

「おう。さっきもちらっとしゃべってたんだが、思うところあって、体の続くうちは見世をやることにした。おめえは前と同じように、午の日だけ指南役に来てくんな」

長吉は張りのある声で答えた。

「承知で」

時吉もいい声を発した。

「弟子も寅吉で取り納めだと思っていたんだが、人を育てるのも料理人のつとめだ。弟子入りしてえやつがいたら、おれの知ってることは教えてやるつもりだ」

ひと皮むけたような顔つきで、長吉が言った。

「なら、お願いしたら？」

おちよがお登勢に水を向けた。

「あ、はい……」

お登勢はいったん背筋を伸ばしてから続けた。

「どうかわたしを弟子に加えていただきたく……」

「そんな硬えことはいいからよ」

長吉は笑って右手を挙げた。

「時吉からはもう教わってるんだろう？」

お登勢に訊く。

「はい。お世話になっております。料理ばかりでなく、いちばん苦しいときに助けていただきました」

お登勢は時吉のほうをちらりと見て答えた。

「十手を預かるきっかけになった地攻め屋の件だな？」

のどか屋でいきさつを聞いた長吉が言った。

「ええ。いまはもう生まれ変わったような心持ちで、ここでやらせていただいております」

お登勢はそう言って頭を下げた。

「跡取り息子の丈助ちゃんは、東明先生の寺子屋へ通ってるの」

おちよが父に告げた。

「それじゃ、みな身内みてえなもんだ。気張ってやんな」

長吉はあたたかい声をかけた。

「上方《かみがた》の札所巡りをしたおかげで、ずいぶんと丸くなったね、長さん」

隠居がそう言って、焼き茄子の煮浸しに箸を伸ばした。

いったん焼いて粗熱《あらねつ》をとり、井戸水につけて皮をむく。それからだしで煮含めて削り節とおろし生姜を添えると、小粋な酒の肴になる。

「そりゃ、なおさら短気になって帰ってきたんじゃ、札所の顔が立ちませんや」

長吉がそう言ったから、浅草の老舗《しにせ》に和気が満ちた。

「何にせよ、めでたいかぎりだね」

鶴屋の与兵衛が破顔一笑した。

「これで長吉屋も万々歳だ」

「ますますこれから繁盛だよ」

ほかの常連も言う。

「なら、わたしはのどか屋に戻ります」

おちよが言った。

「おお、すまなかったな。また千吉の料理の舌だめしに行くから」

長吉が言った。

「あんまりほめると調子に乗るから、きついこと言ってやって」

おちよはそう言うと、ほかの客に会釈をした。

「おれも奥へ行くんで、お付きさんに中へ入るように言ってくんな」

長吉はそんな気遣いをした。

「承知で。では、これで」

おちよは軽く頭を下げてから長吉屋を出た。

「席が空いたから入って」

外で所在なさげにしていた手代に、おちよは声をかけた。

「へえ、ありがたく存じます」

若い手代はいそいそと中へ戻っていった。

長年目に親しんできた長吉屋ののれんを見て、おちよはほっと一つ息をついた。

中のほうから、楽しげな笑い声が響いてくる。

おちよは瞬きをして、いま一度のれんを見た。

そして、きびすを返し、のどか屋のほうへ戻っていった。

第十章　倖《さいわ》いの味

一

「あれっ、今日は午の日か？」

　朝の豆腐飯を食べに来たなじみの大工衆の一人が声をあげた。

「いや、違うぜ」

「なら、どうしてあるじがいるんだよ」

　時吉の顔を見た大工衆はいぶかしげな顔つきになった。

「師匠が江戸へ戻ってきたので、これからはまた午の日だけ浅草へ指南役で行くことになります」

　手を動かしながら、時吉は告げた。

「帰ってきたんですよ、おとっつぁん」

おちよが弾んだ声で告げた。

「そうかい、そりゃめでてえな」

「よく帰《けえ》ってきたなあ」

「万々歳じゃねえか」

大工衆も笑顔になる。

「はい、お待たせいたしました」

千吉が膳を出した。

「おっ、二代目はどうするんだい」

客の一人が問う。

「昼が終わったら、兄弟子と一緒に大師匠の見世へ戻ります」

千吉は信吉を手で示した。

「また向こうでみっちり修業で」

信吉が言う。

「そうかい、気張ってやんな」

「今日も豆腐がうめえ」

「だからわざわざ食いに来てるんじゃねえか」

大工衆がさえずる。

「これを食うと、江戸へ来たっていう感じがしますな」

「家へ帰ってきたっていう味です」

のどか屋とは縁が深い流山《ながれやま》の味醂づくりの主従が笑みを浮かべた。

千吉がまた手柄を立て、親子でまた十手まで預かるようになったと聞いて、まるでわがことのように喜んでくれた。

「これからも、ごひいきに」

千吉が如才なく言った。

「口が回るようになったな、二代目」

「これで料理の修業も積んだら、鬼に金棒だぜ」

大工衆からほめられた千吉は満面の笑顔になった。

二

「なら、今度は寅吉ちゃんも連れておいで」

おちよが言った。

「丈助ちゃんもな」

時吉が言った。

「うん、分かった」

支度を整えた千吉が言った。

「また来ますんで」

信吉が笑顔で言った。

のどか屋の厨ではいくたびもしくじったが、おかげで面構えがたくましくなった。

「いつでも来てね」

おちよが言う。

今日も夏の日ざしが厳しい。猫たちは光が届かないひんやりとした土間で思い思いに寝ていた。老猫のちのも安らかな寝息を立てている。

「みんな、達者でね」

千吉が手を振った。

「猫は猫で達者にやってるから」

と、おちよ。

「なら、師匠によろしく。気張って励みな」

時吉はそう言って送り出した。

千吉たちが浅草へ戻ったあとの二幕目は常連がそろった。

隠居と元締めに加えて、黒四組の面々が連れ立ってのれんをくぐってきた。どうやら万年同心が長吉の帰還を伝えてくれたらしい。

「本当にお世話になりました。おかげさまで、おとっつぁんが無事帰ってきまして」

おちよがあんみつ隠密に向かって頭を下げた。

「おう、何よりだったな」

黒四組のかしらが笑みを浮かべる。

「また長吉屋をやって、包丁を握り、弟子も取ると」

時吉が言う。

「以前の気が戻ったんだな。いいことだ」

万年同心がうなずいた。

「いい風が吹いてまいりましたね」

井達天之助が白い歯を見せた。

「捕り物もひとまず終わったしのう」

室口源左衛門の髭面がやんわりと崩れる。

無駄に終わったが命だけは助かりたい一心で口入れ屋の的屋が洗いざらい吐いたから、西宮屋の息がかかっていた地攻め屋は一人残らず一掃された。これで江戸も安心だ。

「あとは、お登勢ちゃんが紅葉屋ののれんをまた出すことができれば、言うことがないんですけど」

と、おちよ。

「腕はあるんだし、長吉屋で修業をしていれば、そのうち後ろ盾がつくよ」

隠居がそんな見通しを示した。

「わたしが後ろ盾になれればいいんだがねえ」

元締めが言った。

「元締めさんには、いずれ旅籠付きの小料理屋をもう一軒つくっていただくことになってますから」

おちよが言った。

「へえ、そんな話があるのかい」

あんみつ隠密が身を乗り出す。

「そちらのほうは千吉と、いずれもらうお嫁さんにやってもらおうっていう気の早い話なんですがね」

おちよのほおにえくぼが浮かぶ。

「そりゃ、あと何年かしたら、そうなるかもしれねえ」

安東満三郎が言った。

「そのころには『平ちゃん』と気安く呼ばれなくなるかもしれないいな。べつに嫌がってるわけじゃねえんだが」

万年同心がそう言って桝酒を口に運んだ。

ここで肴が出た。

鮑と胡瓜の塩水盛りだ。

鮑も胡瓜も乱切りにして、塩水を張った大ぶりの椀に入れる。土佐酢などにつけてもいいが、塩だけで味わうと、磯の香りが伝わってくる。

「こりこりした味わいが違っていて面白いね」

隠居が笑みを浮かべた。

「これはまだ二代目には荷が重いかもしれないな」

元締めが和す。

「うん、味醂につけたら甘え」

あんみつ隠密はいつもの調子だ。

続いて、鮎の風干しが焼きあがった。

夏の強い日差しとからっとした風あっての干物を、こんがりと焼いてたっぷりの大根おろしを添える。これも酒の肴にはこたえられない。

「江戸に生まれてよかったという味だな」

黒四組の用心棒が相好を崩した。

「本当に風味豊かで」

韋駄天侍も白い歯を見せた。

「なら、次は長吉屋に寄ってみるからよ」

腰を上げるときに、黒四組のかしらが言った。

「ぜひ、よしなに」

おちよが笑顔で言った。

三

「ああ、久々の長吉屋は疲れたべ」

兄弟子の信吉が言った。

「湯屋で疲れをとって、屋台でお蕎麦を」

千吉が水を向けた。

「うん、それがいい」

いちばん若い寅吉がすぐさま言った。

久しぶりに長屋の仲良し三人組がそろった。寅吉だけ長吉屋の追い回しで寂しい思いをしていただけに、ずいぶんと話が弾んだ。あまりにもはしゃぎすぎて、浅草の湯屋のあるじから小言を食ったほどだ。

湯から上がると、顔なじみの留蔵《とめぞう》の屋台に向かった。

「おっ、珍しくそろいだな」

あるじの留蔵が笑顔で出迎えた。

「のどか屋から長吉屋に戻ったんで」

信吉が真っ先に言った。

「師匠が帰ってきたんだってな」

留蔵が先んじて言った。

「知ってたの、留蔵さん」

と、千吉。

「そりゃ、地獄耳だからよ。で、豆腐も蕎麦も冷たいのとあったけえのができるが、どっちにする？」

留蔵はたずねた。

筋のいい二八蕎麦の屋台だが、煮込み豆腐はのどか屋の豆腐飯の豆腐と同じつくり方だ。あたたかい蕎麦の上にのっけて食せば、冬場は芯からあたたまる。

逆に夏場は、井戸水できゅっと締めた冷たい蕎麦の上に冷奴をのせ、茗荷や生姜や葱などの薬味を添え、わっと崩しながら食す。これもなかなかに口福《こうふく》の味だ。

「なら、ひやひやで」

千吉が真っ先に手を挙げた。

「おいらも」

寅吉が続く。

「うーん、なら、おいらはひやあつで」

信吉がちょっと迷ってから言った。

「どっちが『あつ』だい」

留蔵が訊く。

「豆腐は煮たほうで」

兄弟子が答えた。

「だいぶ冷《さ》めてるから半あつだがよ」

屋台のあるじが手を動かしながら言った。

いい月が出ていた。

その月あかりを浴びながら、若い料理人たちは箸を動かした。

「久々に食ったらうめえな」

信吉がそう言って蕎麦のつゆを啜った。

「ほんと、夏はこれだね」

千吉はひやひや奴蕎麦を口に運んだ。

寅吉はしきりに口を動かしているばかりだ。

「あ、そうそう。いずれ千吉も旅籠付きの小料理屋をやるんだって」

信吉がふと思い出したように留蔵に告げた。

「のどか屋を継ぐんだろう？」

と、留蔵。

「そうじゃなくて、元締めさんがもう一軒建ててくれるんだべ」

信吉は言った。

「まだ先の話だから、分かんないよ」

千吉はそう言ってまた蕎麦を啜った。

「そうなったら、おいらを雇ってくれる？」

寅吉が訊いた。

「寅ちゃんは潮来《いたこ》へ帰ってお見世をやらなきゃ」

千吉がすぐさま言った。

若くして亡くなった兄の名をつけた「益吉屋《ますきちや》」を開くのが寅吉の夢だった。

「あ、そうか」

寅吉はまださまになっていない髷に手をやった。

「いいなあ、みんな夢があってよう。おれなんぞ、この屋台で終わりだがよ。競い合って、気張ってやんな」

留蔵は味のある笑みを浮かべた。

「うん」

「気張るよ」

「明日からも」

若い料理人たちの声がそろった。

四

次の午の日――。

時吉は指南役として長吉屋へ赴いた。

若い料理人を集め、今日はまず鯵の酢じめの指南だ。

そのなかには、千吉と信吉に加えて、お登勢の姿もまじっていた。

「こうやって三枚おろしにしたあと、腹骨をすき取ってやる」

時吉が手本を示した。

その手元を、若い料理人が食い入るように見つめる。

一枚板の席のほうから、明るい笑い声が響いてきた。厨には長吉が入っている。札所巡りの土産話をしながら包丁をふるうその顔は楽しそうで、顔色は前よりもよほど良かった。

「この皮を剝ぐのはどうやってやればいい？」

時吉は弟子たちに問うた。

「がっと手で引っ張れば剝けます」

一人の弟子が答えた。

「ほかにやり方は？」

時吉はさらにたずねた。

お登勢が手を挙げた。

「どうやる？」

時吉は包丁を渡した。

「こうやって……」

お登勢は身と皮のあいだに包丁の峰を差しこみ、きれいに皮を剝がしていった。

「ほお」

「うめえもんだべ」

弟子たちが感嘆の声をあげる。

「そうだな」

　時吉は笑みを浮かべて続けた。

「あとは小骨を抜き、まな板に並べてから塩をまんべんなく振る。四半刻《しはんとき》（約三十分）から半刻（約一時間）ほどおいて、塩を洗い流してから酢につける。これはあまりつけすぎないように。で、ほど良くつかった身がこれだ」

　指南役はあらかじめ用意しておいた身を手で示した。

「同じ身でも、切り方と盛り方一つで見栄えが変わってくる。あしらいも添えて、普通のそぎ切りの身と、二つ折りにした身を合わせることによって、高さと奥行きが出てくるわけだ」

　時吉は手本を示した。

「だんだん景色が見えてきた」

　千吉が言った。

「そう、景色だ」

　時吉がすかさず言う。

「お客さんの目にどういう景色が見えるか、さわやかな気分になったり、ほっこりしたりするか、それをいつも頭に入れておけ」

時吉はこめかみを指さした。

「はいっ」

若い料理人たちの声がそろった。

ここで足音が響き、長吉が顔を覗かせた。

「おっ、お登勢、鶴屋さんが厨に入《へえ》ってくれっていうお望みだ。きりのいいとこでこっちへ来てくれ」

女料理人に向かって言う。

「承知しました」

お登勢は一礼した。

「時吉も指南が終わったら顔を出してくれるか」

長吉が言う。

どうやら何か相談ごとがあるようだ。

「分かりました。もう少しですので」

時吉は引き締まった表情で答えた。

五

一枚板の席に陣取っていたのは、薬種問屋の鶴屋の主従ばかりではなかった。いつのまにか、隠居の季川と元締めの信兵衛も姿を見せていた。今日は浅草の番らしい。

「では、腕を見せてくれるかな」

鶴屋の与兵衛がお登勢に言った。

「承知しました」

女料理人がやや硬い顔つきで答える。

「刺身の盛り合わせをやってくれ」

長吉が手で示した。

用意されていたのは鮪《まぐろ》と鯛だ。さらに、あしらいとして茹でた小松菜《こまつな》もある。紅白に青みまでそろっていた。

「腕の見せどころだね」

隠居がいくらか身を乗り出す。

鶴屋のあるじは、じっとお登勢の手の動きを見ていた。

「お待たせいたしました。鮪と鯛の紅白盛りでございます。こちらは土佐醤油でお召し上がりくださいまし」

お登勢はよどみなく言った。

「出す向きが正しいね」

与兵衛が笑みを浮かべた。

「鮪は角切り、奥に鯛のそぎ造り。いい按配で奥行きが出ているね」

隠居がうなずく。

「小松菜の置き方もちょうどいいよ」

元締めも言った。

「ありがたく存じます」

お登勢の表情がやわらいだ。

「まあ、一杯、来年はお仲間になるんだから」

隠居が鶴屋のあるじに酒をついだ。

「これは恐れ入ります。まあ隠居と言っても、得意先廻りは変わりなくやることになりますが」

与兵衛はそう言って猪口の酒を呑み干した。

「でも、近場に骨休めをするところができるわけですから」

お付きの手代が言った。

「おまえはどうも先廻りをしようとするね」

あるじが苦笑いを浮かべる。

「相済みません」

手代がすぐさま謝る。

「その『骨休めをするところ』でおめえさんに相談があるんだ」

長吉がお登勢に言った。

「はい、何でございましょう」

やや腑に落ちない顔つきでお登勢がたずねた。

「わたしには前々からささやかな夢があってね。企みごとと戯《ざ》れ言《ごと》めかして言っていたこともある」

そう前置きをすると、鮪を一つ胃の腑に落としてから、鶴屋与兵衛は話の勘どころに入った。

「隠居をしたら景色のいいところに隠居所をつくって、書見をしたり茶を啜ったりして余生を過ごす人もいる。しかしながら、わたしはどうもそういう性分じゃない。町中でにぎやかな往来があったほうがいい。そこで……」

与兵衛は座り直して続けた。

「見世のすぐ近くに、わたしが後ろ盾になった小さな見世をつくって、そこでうまい酒を呑み、おいしい料理を味わうことができれば、というのがかねてよりのささやかな夢だったわけだよ」

鶴屋のあるじはそう言って笑みを浮かべた。

「すると、わたしに……」

お登勢は話を呑みこんで言った。

「地攻めに遭って紅葉屋をいったん見世じまいにすることになったのは気の毒だったが、捨てる神あれば拾う神ありだ。いや、そう言うとわたしが神様みたいで何だがね」

与兵衛がそこまで言ったとき、時吉が姿を現した。

長吉が話のあらましを伝えると、時吉の表情が晴れやかになった。

「それは願ってもない話ですね」

時吉の声が弾む。

「また紅葉屋の名でのれんを出してもよろしいのでしょうか」

お登勢はたずねた。

「ああ、いいよ。親子二代で、それに亡くなったご亭主とともに守ってきたのれんだ。紅葉屋の名には重みがあるからね。わたしの一存で変えろとは言わないよ」

与兵衛は笑みを浮かべた。

「ありがたく存じます。まさか、こんなに早く……」

お登勢は言葉に詰まった。

「良かったね」

隠居の温顔がほころぶ。

「見世を出すところのあたりはついてるんでしょうか」

信兵衛が元締めらしい問いを発した。

「そのあたりは、抜かりなく」

鶴屋のあるじがすぐさま答える。

「うちの客が一人減っちまうな」

長吉が軽口を飛ばした。

「いや、こちらにもたまに顔を出しますので」

与兵衛は如才なく言った。

「お見世は一人でできる構えなのでしょうか」

お登勢がたずねた。

「もう一人、若い料理人がいるとちょうどいい構えにしようと思っている。ここと同じ一枚板を入れて」

与兵衛は指でとんとたたいた。

「若え料理人の卵は、いまごろ東明先生の寺子屋へ行ってる頃合いだろう」

長吉が言った。

「すると、丈助と二人で」

と、お登勢。

「ゆくゆくはな。来年は十だろう?」

「ええ」

「うちの千吉だってちっちゃいうちから修業に入って、だんだんさまになってきた。来年からうちで修業しな」

帰ってきた古参の料理人は味のある表情で言った。

「ありがたく存じます。丈助に言っておきます」

お登勢は上気した顔で頭を下げた。

「ここでは吉名乗りをするから、二代目の丈吉だね」

時吉が笑みを浮かべた。

「はい……初代の丈吉も喜びます」

お登勢は感慨深げな顔つきで答えた。

「しかし、二代目がひとかどの料理人になるまではどうするんだい？」

隠居がたずねた。

「そのあいだはわたしが一人でやります」

お登勢が引き締まった表情で答えた。

「それでもいいが、うちから修業がてら若え料理人を出してもいいぞ。うちで花板になるには時がかかるが、紅葉屋ならすぐだ」

長吉が段取りを進めた。

「だったら、これも縁ですから、千吉でもいいかもしれません」

時吉が言った。

「それだと、のどか屋へ帰《けえ》れねえぞ。仲のいい信吉と組になって、お登勢とも相談しながら料理を思案して、かわるがわるに紅葉屋の花板になればいい。そうすれば、のどか屋の厨にも入れる」

長吉が案を出した。

「なるほど。千坊には、何年かのちに新たな旅籠付きの小料理屋をやってもらおうっていう絵図面がありますが、その前に修業の一環として紅葉屋の花板というのはいいかもしれませんね」

元締めが言った。

「よし。なら、千吉と信吉を呼んできてくれ」

「承知しました」

長吉が身ぶりで示した。

時吉がすぐさま動いた。

六

「えっ、わたしが花板に？」

千吉が目を丸くした。

「花板と言っても、ちっちゃな見世だがね。どうぞよしなに」

与兵衛が軽く頭を下げた。

「一緒に気張ってやりましょう」

お登勢が笑みを浮かべた。

「おいらとかわるがわるで」

まだいくらかあいまいな顔つきで、信吉が言った。

「おめえが紅葉屋に入ってるときは、千吉がのどか屋だ」

長吉が言った。

「なら、一緒に板場には立てねえわけで」

信吉は残念そうな顔つきだった。

「いや、料理や仕込みの相談もあるだろうから、ときどき一緒に行きゃあいいさ」

長吉が言った。

「相談が一段落したら、千坊だけのどか屋へ向かってもいいわけだからね」

隠居が知恵を出す。

「ああ、なるほど」

信吉が呑みこんだ顔つきになった。

「だったら、丈助ちゃんもそのうち板場に？」

千吉が問うた。

「こっちで修業を積んでからだが、ときどきおっかさんの見世でも修業すればいい。おめえらと仲のいい寅吉だって、そのうち助けになるだろう」

長吉はそんな見通しを示した。

「こりゃあ、紅葉屋ののれんが出るまではあの世へ行けないね」

隠居の白い眉がやんわりと下がった。

「十年より前から、同じことばかり言ってますよ、ご隠居」

古参の料理人がそう言ったから、長吉屋に和気が満ちた。

「昼の膳までやると、頭数が足りないかもしれませんね」

のどか屋のことを思い浮かべて、時吉が言った。

「そもそも、たくさん入る構えにはしないつもりで」

与兵衛が言う。

「旦那さまがいちばんの常連なんですからね」

お付きの手代が言った。

「そうそう、わたしの座るところがなくなったら元も子もない」

鶴屋のあるじが笑った。

「では、紅葉屋の秘伝のたれを使った蒲焼きと田楽、それに四季折々のお酒の肴を昼過ぎからお出しするお見世ということで」

お登勢が生気のある表情で言った。

「酒や醬油などの仕入れは、うちやのどか屋に倣《なら》えばいい」

長吉が言う。

「だんだん絵図面が鮮やかになってきたね」

与兵衛が嬉しそうに言った。

「お見世を出す前に、品川でお世話になったお客さんにもお知らせしないと」

と、お登勢。

「それなら、わたしが刷り物の引き札を配るよ」

千吉が乗り気で言った。

「呼び込みは得意だからな」

時吉が言う。

「その節はよろしくね」

お登勢が改めて言った。

「お任せください」

千吉はいい声を響かせた。

七

その晩——。

長屋へ戻ったお登勢は、丈助とともに町の湯屋へ出かけた。

いい月が出ていた。

それをながめながら、ゆっくりと帰る。

「来年からは修業ね」

お登勢が言った。

「まだ包丁はうまく使えないよ」

丈助は不安げな顔つきになった。

「初めから包丁なんて使わせてもらえないよ。いちばん下の追い回しから始めるんだから」

母が笑みを浮かべる。

「おとうもそうやって始めたの？」

丈助が訊いた。

「そうよ。おまえは二代目の丈吉になるの」

お登勢はそう言って、まだ髷を結っていないせがれの頭に手をやった。

「あっ、屋台が出てる」

丈助が行く手を指さした。

「お蕎麦屋さんね。食べたい？」

お登勢がたずねた。

「うーん、食べたいけど……」

丈助は首をかしげた。

「じゃあ、おかあと半分こしよう」

お登勢は笑顔で言った。

「うん、それなら」

丈助の表情も晴れた。

風変わりな屋台で、奴豆腐か煮込み豆腐を蕎麦にのせて崩しながら食べるのだそうだ。夜風が心地いい晩だったから、あたたかい蕎麦に煮込み豆腐をのせてもらうことにした。

「まず豆腐を匙ですくって食べて、それから蕎麦とまぜて召し上がってくださいまし」

屋台のあるじが言った。

のどか屋の豆腐飯みたいだと思ったが、食してみたら味も同じだったから驚いた。

「ひょっとして、これ、のどか屋さんの？」

お登勢はたずねた。

「お、知ってるのかい。おいらはのどか屋でじきじきに教わったんだ」

屋台のあるじが身を乗り出してきた。

「のどか屋さんにはとてもお世話になりました」

お登勢はそう言って、これまでのいきさつのあらましを伝えた。

そのあいだ、丈助はふうふう息を吹きかけながら、煮込み豆腐がのった蕎麦を食していた。

「そうかい。のどか屋さんのおかげで、またのれんを出せるようになるのかい。そりゃあ良かった」

屋台のあるじはわがことのように喜んでくれた。

「この子がいずれ跡取りになるんです。来年から長吉屋さんで修業で」

お登勢は丈助を手で示した。

「長吉屋の若い衆なら、しょっちゅう来てくれるよ。のどか屋の跡取り息子も」

あるじが言う。

「さようですか。なら、おまえもそのうち一緒にね」

お登勢は丈助に言った。

「うん。残り、食べて」

丈助はもてあました丼を母に渡した。

「はいよ」

お登勢が受け取る。

「うまかったかい？」

屋台のあるじが訊いた。

「うん」

丈助は力強くうなずいた。

煮込み豆腐もいくらか残っていた。のどか屋の豆腐飯と同じ味つけのものを蕎麦と一緒に食すと、何とも言えない倖いの味が身にいっぱいに広がっていった。

「ごちそうさまでした」

お登勢は笑顔で丼を返した。

「毎度ありがたく。……お、また来なよ」

屋台のあるじは味のある笑みを浮かべて丈助に言った。

「うん、来るよ」

丈助は元気のいい声で答えた。

屋台をあとにした母と子は、月あかりの道を長屋までゆっくりと帰った。

お登勢は思い出した。

まだこの子が生まれていないころ、丈吉さんと一緒に品川の湯屋の帰りにこうして月をながめながら歩いた。

「いい月だな……」

いまは亡き人の声が、すぐ近くにいるかのようによみがえってきた。

（いい月ね）

心のうちで、お登勢は答えた。

あのときは、十年先も、そのずっと先も、同じ景色を見ながら歩くつもりだった。

そう思うと、目の前がうるんできて、手にした提灯の灯りがだんだんぼやけてきた。

（丈吉さん……）

なつかしい人の面影を思い浮かべながら語りかける。
（また紅葉屋ののれんを出すよ。この子が二代目の丈吉になるんだよ）
まだ低いところにある丈助の肩を見ながら、なおも心のうちで言う。
（どうか見守っていてね。わたしたちを、守ってね）
月あかりが、ふっとゆらいだ。
突き当たりを曲がれば長屋だ。
そのあいまいな薄闇のなかに、だれかが立っているような気がした。
影がゆっくりと動いて、右手を挙げた。
お登勢の目にはそう見えた。
「どうしたの？　おかあ」
丈助がたずねた。
「ううん、何でもない」
お登勢は目元に指をやった。
また月あかりが濃くなった。影はもう見えなくなっていた。
「さ、帰りましょう」
お登勢はわが子の頭に手をやった。

たしかなあたたかさが伝わってきた。

終章　吉来る町

一

おめでたいことが続いた。

長年、のどか屋を手伝ってくれているおそめが、とうとう待望のややこを身ごもったのだ。

ずっと願懸けをしていたことをまわりはみな知っているから、のどか屋の面々も常連客もわがことのように喜んだ。

「良かったねえ、おそめちゃん」

おちよが笑顔で言った。

「ありがたく存じます。本所の子授け如来さまに、今度、多助さんと一緒に御礼参りをしてきますので」

おそめは晴れやかな表情で答えた。

「多助さんも大喜びだろう」

一枚板の席から隠居が言った。

「ええ。今日はあとで顔を出すそうです」

おそめが答える。

「なら、お祝いしてあげないとね」

元締めの信兵衛が笑みを浮かべた。

「それは生まれてからでも」

と、おそめ。

「じゃあ、今日のところは軽く前祝いで」

隠居が言った。

「おっつけ、舌だめしを終えた千吉らが来ますので」

時吉が告げる。

「なら、おいしいものをつくってもらおう」

元締めが言った。

いまはばたばた動かないほうがいいので、おけいと助っ人のおこうが客の呼び込みに向かった。泊まり客は次々に見つかり、旅籠の部屋は早くもおおむね埋まった。のどか屋は今日も繁盛だ。

「振り返ってみれば、のどか屋に泊まった藤沢のお客さんに子授け如来さまを教えていただいたんでした」

おそめが言った。

「竹の曲げ物をつくる職人のご兄弟だったわね」

おちよはすらすらと言った。

客あきないだから、どういう人が旅籠に泊まったか、あらかた頭に入っている。何年か前に泊まった客に、

「ごぶさたしております」

と声をかけて、客が驚いたという話まであるくらいだ。

「じゃあ、いずれ御礼にうかがわないと」

おそめが言った。

「子が大きくなったら、みなで江の島へお参りに行けばいいよ。そのついでに藤沢で探せばいい」

元締めが気の早い案を出した。

「ああ、なるほど」

おそめがうなずく。

「こうやって縁が広がっていくんだね」

隠居がそう言って、鮑と胡瓜の辛子酢《からしす》に箸を伸ばした。

嚙み味が違う鮑と胡瓜を盛り合わせた渋い肴だ。

「このたびの紅葉屋さんの件もそうでした」

おちよがしみじみと言った。

「紅葉屋さんとは、これからも長い付き合いになりそうだな」

時吉がそう言って笑みを浮かべた。

二

「おいしい炊き込みご飯を出す見世だったよ」

のどか屋に帰ってきた千吉がおちよに言った。

「そう。具は何だったの？」

おちよが問う。

「今日は蛸飯。秋になると茸《きのこ》がもっぱらだって」

千吉が答えた。

「揚げがいっぱい入ってて、うまかったです」

一緒に舌だめしに行ってきた信吉が笑顔で言った。

「なら、祝いの肴をつくってくれるか？」

時吉が若い料理人たちに言った。

「おそめちゃんの？」

千吉が訊く。

その話は、もちろん跡取り息子にも伝わっていた。

「そうだ。多助さんも来るらしいから、二人で相談してつくってくれ」

時吉は答えた。

「承知で」

「何にするべ？」

二人は厨に入り、さっそく相談を始めた。

「われわれのほうは、ついででいいからね」

隠居が元締めを手で示した。

「べつに祝ってもらうことはないから」

信兵衛が言う。

「こちらはわたしがつくりますので」

時吉が笑って答えた。

「ほんとに、地味なものでいいからね」

おそめが千吉たちに言った。

「派手なものをつくったら、お上《かみ》に目を付けられるから」

長吉の件も踏まえて、千吉が言った。

「そもそも、つくれねえべ」

信吉が言う。

そこで表のほうからにぎやかな声が響いてきた。

「あっ、来たわ」

おそめの顔がぱっと輝く。

「岩本町組も一緒ね」

おちよが出迎える構えをした。

ほどなく、のれんを分けて次々に客が入ってきた。

ひときわ晴れやかな顔をしていたのは、小間物屋の手代の多助だった。

三

「祝いだから、おいらたちが払ってやるからよ」

湯屋のあるじの声がのどか屋の座敷で響いた。

「おそめちゃんも、つとめがねえんならこっちへ来な」

野菜の棒手振りの富八が手招きする。

「いいわよ。並んで座って」

おちよがおそめに言った。

「はい。じゃあ、失礼して」

おそめは座敷に上がって多助の隣に雛《ひな》のように座った。

「縁起物の狗《いぬ》の置き物を探しておきますよ」

そう言ったのは、萬屋のあるじの卯之吉だった。

今日は岩本町の御神酒徳利とともに久々に顔を見せた。新妻を娶り、「小菊」での祝いも無事済ませたらしい。

「出どこのはっきりしたおめでてえやつをな」

寅次が言う。

「もちろんです」

卯之吉は請け合った。

「なら、いいものが見つかったら、おいらがまた届けるからよ」

湯屋のあるじはそう言って、猪口の酒をくいと呑み干した。

「はい、焼き物あがりました」

厨から千吉のいい声が響いた。

「はいよ」

おちよがさっそく動く。

運ばれてきたのは、小鯛の焼き物だった。

「尾頭付きじゃねえのかよ」

寅次がややいぶかしげに言った。

「切り身に串を打って焼いたほうが食べやすいし、見た目もかわいいので」

千吉が講釈した。

「ほんと、かわいいね」

おそめが多助に言った。

「そうだね。上品な盛り付けだ」

多助は笑みを浮かべた。

ここで時吉が一枚板の席に肴を出した。

子持ち鮎の煮浸しだ。

白焼きにしてからあくを取りながら酒と水でじっくり煮て、骨がやわらかくなったところで醬油と味醂を入れ、さらにことことと煮詰めていく。火から下ろして味をなじませ、冷めたところで切ってお出しする。手間のかかるひと品だ。

「時も食べているかのようだね。うまいよ」

隠居が相好を崩した。

「料理も人も、つくるのに手間を惜しんじゃいけませんね。……いい味だ」

元締めもうなる。

「で、ややこの名はもう決めたのかい」

座敷で湯屋のあるじが問うた。

「いえ、まだ、男か女かも分かりませんし」

多助がそう言って湯呑みに手を伸ばした。

得意先回りはいいと言われているようだが、赤い顔でお店には帰れないと酒は断った。このあたりの律義さが多助らしい。

「千吉の上を行く万吉はどうだい」

寅次がなおも言う。

「だから、気が早えって」

富八があきれたような顔つきになった。

その隣で、卯之吉が穏やかな笑みを浮かべている。

そこへ、次の肴が運ばれてきた。

「はい、お待たせいたしました。黄金蓮根《こがねれんこん》でございます」

おちよが笑みを浮かべて皿を置いた。

「わあ、きれい」

おそめが声をあげた。

「蓮根の穴に玉子の黄身を詰めてあるんだね」

多助が言う。

「なるほど、こりゃ縁起物だ」

と、寅次。

「穴がみんなふさがれて、黄金色になってるんだからな」

富八が言った。

「ちょうど蓮根の甘酢漬けがあったので、黄身に調味料をまぜて湯煎にかけて練ってから詰めたんです」

千吉が胸を張った。

「あんみつさんが見えたらすぐ出せるように、日もちもする甘酢漬けにしてみたんですが、使われてしまいました」

時吉が苦笑いを浮かべた。

「いずれにしても、腕が上がったねえ」

元締めが言った。

「そりゃあ、来年からは紅葉屋の花板だから」

隠居が笑みを浮かべる。

「紅葉屋のほうも万々歳だってな」

「めでてえこった」

岩本町の御神酒徳利が言った。

料理は次々にできあがった。

蓮根は天麩羅にしてもうまい。千吉がそちらを受け持つと、信吉も負けじと海老を揚げた。竹輪の磯辺揚げに、切った甘藷をまぜたかき揚げ。若い料理人たちが競うように手を動かすものだから、たちまち食べきれないほどの量になった。

「もうこのへんでいいよ、千吉」

猫たちに餌をやっていたおちよが言った。

「うーみゃ」

もういいわよ、とばかりにゆきがなく。

「お客さんの様子を見て、いまちょうど召し上がりたいような感じだなという時を見計らって出さなきゃな」

時吉が言った。

「はあい」

「つい競い合っちまって」

若い料理人が頭をかいた。

「まだまだ学びだね」

隠居が温顔で言った。

「でも、さくさくしてておいしい」

おそめが笑みを浮かべた。

「そうだね。座敷でいただいて申し訳ないくらいだよ」

多助が言う。

旅籠のほうからおけいが戻ってきたから、少し食べてもらうことになった。

「ちょうどいい感じで揚がってるよ、千ちゃん」

おけいが千吉に言うと、跡取り息子は満面の笑みを浮かべた。

「親子の十手は使うこともあるのかい」

湯屋のあるじが問うた。

「いえ、飾ってあるだけで」

千吉が答えた。

「出番がないのは泰平の証《あかし》なので」

時吉が笑みを浮かべた。

「十手の出番ばっかりだったら大変ですから」

おちよも言う。

「はは、そりゃそうだ。なら、このへんでご隠居の祝いの発句だな」

このたびは湯屋のあるじが水を向けた。

「何だい、そっちから言われたか」

そう言いながらも、季川は思案に入り、やがて筆を執った。

具の多き染飯《そめいい》も良し夏の膳

うなるような達筆でそうしたためる。

「なるほど、多助の『多』とおそめの『染』を詠みこんであるんですね」

質屋のあるじが真っ先に気づいた。

「あっ、そうか。気がつかなかったぜ」

と、寅次。

「萬屋さんは学があるな」

富八がほめる。

「発句の短冊なども扱ったりしますもので」

卯之吉は控えめに言った。

「では、おちよさん、付けておくれ」

隠居が水を向けた。

「どうせなら、付句も名を織りこんだものがいいね」

元締めが注文を出す。

「えー、そんな難しい注文を……」

そう言いながらも、おちよはこめかみに指をやって思案をまとめ、こんな付句をしたためた。

千の吉来よこの江戸の町

「あっ、わたしの名が入ってる」

千吉が弾んだ声をあげた。

「『時の吉』じゃ句にならないからね」

隠居の顔がほころぶ。

「『信の吉』でも駄目だよ」

信吉も言う。

「本当に吉が来そう」

おそめが言った。

「きっと来るよ」

多助が笑みを浮かべる。

やっと待望の子宝に恵まれた若い夫婦がうなずき合った。

「江戸のどの町にも、吉や福が来るといいね」

隠居が言った。

「行く先々に吉を運ぶつもりでやりますので」

千吉が笑顔で言う。

「その意気だ。気張ってやれ」

時吉が白い歯を見せた。

「はいっ、師匠」

のどか屋の跡取り息子は、まわりに花が咲くような声で答えた。

[参考文献一覧]

松本忠子『和食のおもてなし』(文化出版局)
田中博敏『お通し前菜便利集』(柴田書店)
志の島忠『割烹選書　酒の肴春夏秋冬』(婦人画報社)
『一流料理長の和食宝典』(世界文化社)
畑耕一郎『プロのためのわかりやすい日本料理』(柴田書店)
『人気の日本料理2　一流板前が手ほどきする春夏秋冬の日本料理』(世界文化社)
野崎洋光『和のおかず決定版』(世界文化社)
料理・志の島忠、撮影・佐伯義勝『野菜の料理』(小学館)
『復元・江戸情報地図』(朝日新聞社)
今井金吾校訂『定本武江年表』(ちくま学芸文庫)

二見時代小説文庫

親子《おやこ》の十手《じって》　小料理《こりょうり》のどか屋《や》　人情帖《にんじょうちょう》26

著者　倉阪鬼一郎《くらさかきいちろう》

発行所　株式会社　二見書房
東京都千代田区神田三崎町二-一八-一一
電話　〇三-三五一五-二三一一［営業］
〇三-三五一五-二三一三［編集］
振替　〇〇一七〇-四-二六三九

印刷　株式会社　堀内印刷所
製本　株式会社　村上製本所

ISBN978-4-576-19095-2
https://www.futami.co.jp/

倉阪鬼一郎

小料理のどか屋 人情帖

シリーズ

剣を包丁に持ち替えた市井の料理人・時吉。
のどか屋の小料理が人々の心をほっこり温める。

以下続刊

① 人生の一椀
② 倖せの一膳
③ 結び豆腐
④ 手毬寿司
⑤ 雪花菜《きらず》飯《めし》
⑥ 面影汁
⑦ 命のたれ
⑧ 夢のれん
⑨ 味の船
⑩ 希望《のぞみ》粥《がゆ》
⑪ 心あかり
⑫ 江戸は負けず
⑬ ほっこり宿

⑭ 江戸前 祝い膳
⑮ ここで生きる
⑯ 天保つむぎ糸
⑰ ほまれの指
⑱ 走れ、千吉
⑲ 京なさけ
⑳ きずな酒
㉑ あっぱれ街道
㉒ 江戸ねこ日和
㉓ 兄さんの味
㉔ 風は西から
㉕ 千吉の初恋
㉖ 親子の十手

二見時代小説文庫